Angelika Waldis

Sommersprünge

Roman

Atlantis

Die Originalausgabe erschien 2010 unter dem Titel
Einer zu viel im Verlag Kein & Aber, Zürich.

www.atlantisliteratur.ch
Covergestaltung: Lara Flues
Coverabbildung: © Alex Green
Satz: Tristan Walkhoefer, Leipzig
Gesetzt aus der Stempel Garamond LT / 240125
Druck und Bindung: GGP Media GmbH, Pößneck
Auch als E-Book erhältlich
ISBN 978 3 7152 5805 8

Für Otmar

I

Peter sucht ein Seil

Auch das noch, jetzt musste er den ganzen Weg laufen, im Dunkeln. Freitags um zehn Uhr abends fuhr kein Postauto mehr. Bis zur Casa Casta war es mindestens eine Fünfviertelstunde. Und er hatte seine Stadtschuhe an, war direkt vom Büro abgehauen. Seit Mittag hatte er nichts mehr gegessen. Er spähte durchs offene Fenster ins Ristorante Stazione, an der Theke stand lärmend eine Gruppe Männer, die Tische waren leer. Nein, das war nichts für ihn. Er mochte kein freundliches Gesicht aufsetzen und sich für einen Teller schlechter Ravioli bedanken. Er mochte nicht mal »*buona sera*« sagen. Er mochte gar nichts mehr.

Eine halbe Stunde ging er auf der Autostraße, im blauen Licht der Straßenlaternen. Wenn ein Auto vorbeifuhr, trat er wartend zur Seite. Die am Steuer dachten sich wohl was, wenn sie im Scheinwerferstrahl hier jemanden stehen sahen, jemanden mit Anzug und Krawatte. Peter war dankbar, dass keiner anhielt und anbot, ihn mitzunehmen. Erst nachdem er wieder ein Stück zurückgegangen war, fand er die Stelle, wo ein Fußweg zum Fluss abbog. Der Fluss rauschte kaum, er hatte nicht viel Wasser, er glänzte nur, quecksilbrig. Drüben war Italien. Erst jetzt sah Peter den vollen Mond, er hing wie eine Deckenlampe von der Himmelsmitte.

Die Schatten der Uferbäume waren kurz und schwarz. Peter rechnete: Es war dreizehn Jahre her, dass er auf diesem Weg nach Casta gelaufen war. Damals war sein Vater gestorben, und Peter hatte es zu Hause nicht mehr ausgehalten, hatte drei Tage die Schule geschwänzt. Der Weg war noch derselbe, ein zufälliger Pfad, festgetretene Erde, mal neben, mal zwischen den Bäumen. Ab und zu musste man sich ducken. Peter stolperte über eine Baumwurzel und fluchte. Salome lag bestimmt schon im Bett und schlief. Sie würde sich erst am Morgen fragen, warum er nicht zu Hause war. Doch sein Zuhause war nicht bei Salome. Sein Zuhause gab es nicht mehr. Salome hatte ihn aufgenommen, und abends schob sie mit beiden Händen ihre langen, glänzenden Haare zur Seite, damit Peter auf ihrem Kissen Platz fand.

Salome wusste alles von ihm.

Nur von den Dreißigtausend wusste sie noch nichts. Die hatte er frisch unterschlagen.

In der Casa Casta würde er im Küchenschrank bestimmt etwas Essbares finden. Und Wein. Viel Wein, um einzuschlafen. Eine wunderbare Nacht war das, dieser Mond, dieser Schimmer auf den Blättern. Manchmal hörte Peter so etwas wie Flügelschläge, ein leichtes, dumpfes Knattern über dem Fluss. Seine Schuhe und Socken waren inzwischen nass, er war beim Überspringen eines Wasserlochs gerutscht. Als in einer Kehre die dunkle Gestalt eines Hundes auftauchte, erschrak Peter zu Tode, er sah aber gleich, dass der Hund angeleint war. Der Mann, der folgte, trug eine Uniform. Hund und Mann blieben stehen. »*Buona sera*«, sagte Peter und setzte seine Schritte fort. Der Hund knurrte. »*Buona sera*«, sagte der Mann, und Peter hatte das Gefühl, dass er ihm nachblicke. Es war ein Grenzwächter, der das Schweizer Ufer nach Verdächtigen absuchte, nach Schmugglern, nach Flüchtigen. Auch Peter war auf der Flucht.

Nun war es nicht mehr weit.

Bei Tag hätte er jetzt direkt den Hang hochsteigen können, aber in der Dunkelheit würde er den Weg durchs Dickicht nicht finden, der war immer wieder neu zugewachsen und von umgestürzten Bäumen verdeckt. So musste er über die Straße nach Casta laufen, die Straße mit den vielen Kehren. Das war ein Umweg. In den Häusern bei der Kapelle San Pio flackerte Fernsehlicht. Zweimal löste er ein giftiges Hundegekläff aus. Er ging, so rasch er konnte, schwitzte und hörte sich keuchen. Weiter oben gab es keine Straßenlaternen mehr, und die Straße war nicht mehr asphaltiert. In Casta war alles dunkel, verlassen lag das Haus in seiner Mulde am Hang. Auch im Flügel von Signor Cavatti brannte kein Licht. Als Peter um die Hausecke bog, huschte etwas von der Größe einer Katze davon. Das Versteck mit dem Schlüssel fand er nicht gleich, er tastete das Gemäuer bei der Regenrinne zuerst auf der falschen Seite ab. Eigenartig, wo er dieses Versteck doch selbst vorgeschlagen hatte. Als er den Schlüssel endlich in den Fingern hielt, seufzte er laut auf. Er ging nicht gleich ins Haus, sondern setzte sich auf die Steinbank beim Lavendel. Sechs Stunden war er unterwegs gewesen, und nun hatte er es geschafft. Niemand wusste, dass er hier war. Wäre er mit dem Auto vorgefahren, hätte Nachbar Cavatti ihn gehört. Gut, dass er kein Auto mehr hatte. Dass er gar nichts mehr hatte. Nur noch die Stille.

Was konnte Salome tun, wenn sie ihn morgen in der Früh nicht neben sich fand. Auf seinem Handy war er nicht zu erreichen, das lag irgendwo in Salomes Küche. Ins Büro anrufen brachte nichts, morgen war Samstag, niemand auf der Arbeit. Seine Mutter anrufen brachte auch nichts, Salome hatte Ina noch nie getroffen, Ina wusste nicht mal, dass es Salome gab, wusste nicht mal, dass Peter keine eigene Wohnung mehr hatte. Blieb die Polizei. Die würde freundlich abwinken: Ein Freund, der für eine Nacht oder ein Wochenende wegbleibt, ist kein Fall für die Fahndung. Wie lange kennen Sie Ihren Freund denn schon? Zwei Monate? Na also. Eine Beziehung braucht eben Zeit. Nur keine Aufregung.

Salome hatte ihn draußen auf der Treppe des Casinos angesprochen, als er gerade die Hände auf beide Augen drückte. »Pech gehabt?«, fragte sie. Ja, Pech gehabt, einmal mehr Pech gehabt, einmal mehr verloren. Und Salome hatte sich das glänzende, lange Haar über die Schulter geworfen und war mir nichts, dir nichts in sein Leben getreten. Noch in der gleichen Nacht wusste sie alles.

Er ließ Schuhe und Socken auf der Bank, wo sie in der Morgensonne trocknen würden, und schloss die Haustür auf. Die Helle der Vollmondnacht fiel durch die

Fenster. Er brauchte keine Lampe und beschloss, die Sicherungen gar nicht erst einzuschrauben. Signor Cavatti sollte nicht merken, dass da jemand war. Er fand, was er suchte, eine Flasche Wein, deren Etikett er nicht entziffern konnte, dazu Cracker und eine Dose Bohnen. Flaschen- und Dosenöffner hingen ordentlich an der Wand. Vor drei, nein vier Jahren war er zum letzten Mal hier gewesen. Ina hatte sich ein Familientreffen gewünscht, wollte ihre beiden Kinder hierhaben wie in alten Casta-Zeiten, und sowohl Peter als auch Judith waren brav angereist. Judith hatte den kleinen Luzi dabei und die neugeborene Luna.

Peter setzte sich an den Tisch. Der Wein schmeckte gut. Die Bohnen waren Linsen. Er hörte die Mitternachtsglocke aus dem Tal. Dann legte er sich auf dem Sofa schlafen.

Er erwachte, weil er fror. Immer noch war es mondhell, noch kein Vogel, kein Zirpen zu hören. Leise ging er über die alte Steintreppe hinauf auf die Terrasse, die vier Säulen der Balustrade waren wie ein Mahnmal, hier sind und bleiben wir, und wenn der Rest der Welt einstürzt. Judith hatte einmal erklärt, die Säulen stellten die Familie dar: Vater Matti, Tochter Judith, Sohn Peter, Mutter Ina. Die Terrasse war voll mit Dreck, Marderkacke wahrscheinlich. Er kroch im Kinderzimmer unter eine Decke und versuchte zu schlafen. Was wäre aus ihm geworden, wenn Matti noch lebte? Ein anderer? Wären sie Freunde, Vater und Sohn? Seit dreizehn Jahren war Matti tot.

Peter versuchte, sich an die Vorstellung zu gewöhnen, nicht mehr zu existieren.

Einmal schreckte er hoch, glaubte, Salome stehe am Bett und nenne ihn Salomon. Möglich, dass sein Leben als Salomon anders verlaufen wäre, dass aus einem strahlenden Salomonchen ein Weiser geworden wäre – und nicht der Versager, der sich nun in Peters altem Bett durch die Verzweiflung in den Schlaf strampelte.

Als er erwachte, schien Sonne aufs Bett, es war elf Uhr morgens. Er öffnete das Fenster, draußen in der Wärme war ein süßer Geruch. Am Haus blühten die lilablauen Dolden, er wusste nicht mehr, wie sie hießen. Im Juni war er wohl selten hier gewesen, sondern meist in den Schulferien im Sommer und Herbst, zum Schluss ohne Ina und Judith, dafür mit seinem Freund Rémy. Von hier aus waren sie nach Verona und Genua getrampt. Jetzt war Rémy Chef einer Computerfirma mit Filialen in ganz Europa. »Und, wie gehts so, Amigo?«, würde Rémy fragen, würde er ihn antreffen. »Danke, schlecht«, würde Peter sagen. »Fährst du noch in dieses Haus dort, zu den Gespenstern?« – »Ja, mach ich«, könnte Peter sagen. »Dort kann man sich wunderbar umbringen.« Rémy würde lachen und in Designerschuhen an irgendeine Sitzung eilen.

Ein Motor startete und stotterte, startete und stotterte. Das musste Signor Cavattis uraltes Moped sein. Nach einigen Anläufen schnurrte es die Hofeinfahrt hoch und dann talwärts. Es gab hier einen Vogel, erinnerte sich Peter, der auch so stotternd rief, als hätte er Startschwierigkeiten. Wie hieß er noch? Peter zog eine Schublade der blauen Kommode auf, es lagen immer noch Plastiksoldaten und zerfledderte Comics drin.

Jetzt, wo Cavatti weg war, konnte er sich in der Scheune umsehen.

Duschen wäre schön gewesen, er fühlte sich klebrig, hatte in den Kleidern geschlafen. Aber es gab kein heißes Wasser, er hätte gestern eben doch die Sicherung einschrauben müssen. Nicht mal Kaffee ließ sich kochen. Er fand in der Küche weitere Cracker und Honig und setzte sich damit nach draußen an den Steintisch. Schuhe und Socken waren immer noch feucht, über einen der Schuhe führte eine silberne Schneckenspur. Er hatte vergessen, wie schön es hier war, wie still. Alle Schrecknisse waren hinter eine schrecknisdämpfende Wand verbannt. Er öffnete sein Hemd und ließ sich vom Strahl der Sonne waschen. Der Lavendel stand aufrecht, würde demnächst blühen, Eidechsen jagten einander, im Bambus kam ein Knistern auf. Und dann stürzte die Wand ein.

Die Schrecknisse waren da.

Was hatte er. Nichts. Keine Wohnung. Kein Auto. Kein Geld auf dem Konto. Den Lohn Ende des Monats hatte er im Kopf schon aufgebraucht. Wer war er. Ein Angestellter in einem großen Betrieb, ein kleiner Jurist mit Visitenkarte, einer, der unterschlagen hatte, einer, der jederzeit ersetzbar war, ein netter zwar, das schon. Wen liebte er. Seine Mutter, Ina, aus der Ferne, nicht innig. Seine Schwester, Judith, aus der Ferne, schmerzlich, denn er war ihr nicht mehr wichtig. Salome liebte er nicht, Salome mochte er, so wie man seine Lebensretterin eben mag. Zwar konnte er mit ihr Liebe machen, aber die gemachte Liebe war nur so süß wie ein Stück Zucker im Tee, sie zerging rasch. Es gab zwei Frauen, die er hätte lieben mögen, aber er hatte sie verspielt. Was wollte er. Spielen, sonst nichts.

Er fand den Scheunenschlüssel endlich hinter dem aufgehängten Strohhut. Das war Mattis Hut gewesen. Peter setzte ihn auf, er passte. Warum musste Ina den Schlüssel überhaupt verstecken, warum die Scheune überhaupt abschließen, da gab es doch nichts zu holen. Vielleicht hatte sie die romantische Vorstellung, Landstreicher würden in der Scheune übernachten wollen und darin ein Feuer machen, um ihren Frühstücksspeck zu braten. Immer machte sich Ina Bilder und hängte sie beflissen über die Realität. Das hatten Peter und Judith schon gemerkt, als sie noch Kinder waren, als sie den Bildern entsprechen sollten, die ihre Mutter Ina herumzeigte. Ihr Bild vom heutigen Peter war bestimmt wunderbar sonnig. Mein Peter, würde sie sagen, ist Jurist, ja, sehr begabt, und gut sieht er aus, war immer ein kleiner Charmeur, mein Peter.

In der Scheune fiel Licht durchs Dach, und an anderen Tagen wohl Regen. Wer würde das Loch flicken? Das ging ihn nichts mehr an. *Ene mene morte.* Das hatten Judith und er früher gespielt. Wer *ene mene morte* rief, stellte sich tot, lag schlaff über einer Sofalehne oder mit verrenkten Gliedern auf dem Küchenboden und war, solange er leblos blieb, zu nichts mehr verpflichtet. Peter stolperte über eine Schaufel, und dann sah er die Kiste mit den Seilen und Schnüren. Sie waren sauber aufgerollt, was für eine Ordentlichkeit inmitten des staubigen Durcheinanders, die hatte bestimmt Judiths Mann hinterlassen. Lang und robust musste das Seil sein, das rote aus Nylon war genau richtig. *Ene mene morte.* Mit der Leiter erreichte er mühelos den mittleren Dachbalken und machte das Seil daran fest. Knoten machen, das konnte er, das hatte ihn Matti gelehrt. Der Lichtstrahl vom Dach fiel genau auf das rote Seil.

Von der Straße her war das Schnurren eines Motors zu hören. Peter eilte zur Scheunentür und spähte durch die Ritze. Signor Cavatti auf dem alten Moped fuhr mit Schwung in den Hof, stieg aber umständlich ab, so als schmerzten ihn die Beine. Er nahm eine große Papiertüte vom Gepäckträger und verschwand hinkend in der Biegung des Pfads, der zu seinem Hauseingang führte. Das war Brot, was Cavatti in seiner Tüte nach Hause trug, frisches Brot. Peter glaubte es riechen zu können. Wie früher sah er im dicken Staub des Bodens ein paar Fangtrichter der Ameisenlöwen. Sie hockten in der Tiefe und lauerten auf Beute, und wenn eine Ameise dem Trichterrand nahe kam, dann beschossen sie sie mit einer Ladung Staub. Peter hatte nicht die Muße, sich hinzusetzen und zuzuschauen. Heute war anderes angesagt. Brot holen, warum nicht. Noch einmal ins Dorf laufen auf dem Ziegenweg. Im Dorf noch einmal etwas trinken.

Auf dem Ziegenweg gab es keine Ziegen, Ina hatte den Weg so genannt, weil sie das hübsch fand. Bei ihr musste alles hübsch sein, die Wörter, die Kinder, die Rätsel des Lebens. Er hatte ihr oft die Zunge herausgestreckt, aber nur hinter ihrem Rücken. Als dann Matti tot im Badezimmer lag, ließ sich nichts Hübsches draus machen. Er war einfach ein nackter, kalter Ehemann auf den kalten Fliesen, der mit seinem behaarten, toten Bein das Öffnen der Tür erschwerte. »Mein Matti«, hatte sie geschluchzt, und Judith hatte böse geschrien »Nein, unser Matti.« Peter hatte immer noch Mattis Strohhut auf, sah aus, als würde er hier ein bisschen Ferien machen, trotz der schwarzen Stadtschuhe und der Bügelfaltenhose. Der Ziegenweg führte durch Kastanienwald, durch grün gefiltertes Mittagslicht. Auf dem Ziegenweg grüßte man sich, und ihm wurde seltsam feierlich zumute, als eine alte Frau »salve« zu ihm sagte, obwohl er wusste, dass das ein ganz gewöhnliches Grußwort war.

Im Laden erhielt Peter gerade noch zwei Brötchen, die letzten. Die Kassiererin war dieselbe wie immer, sie hatte ihm vor zwanzig Jahren Knaller geschenkt, die vom Nationalfeiertag übrig geblieben waren. Natürlich kannte sie ihn nicht mehr. Er aß die Brötchen – die letzten – gleich im Gehen und setzte sich auf dem Dorfplatz vor die Bar. *Ene mene morte*, nun wurde er den idiotischen Kindervers nicht mehr los. *Morte*, morgen dann.

Er nahm eine italienische Zeitung vom Nebentisch und begann zu blättern, aber legte sie gleich wieder zur Seite. Erstens verstand er nur die Hälfte, und zweitens hatte ihn das alles nicht mehr zu interessieren, die Reisknappheit, die Kläranlage, die Muslimbrüder, die Miss

Schweiz. Eine Frau mit Kinderwagen kam über den Platz, und er traute seinen Augen nicht. Es war Rosie. Rosie mit Kind. Sie kam direkt auf ihn zu. Und als sie ihn erkannte, lächelte sie erschrocken.

Sie war eine der beiden, die er hätte lieben mögen.

Sie sagte »Hallo.«

Peter stand auf und schob einen Stuhl für sie zurecht.

Rosie verbrachte mit ihrem Mann Rainer eine Woche in der Feriensiedlung des Lehrervereins und hatte einen Tag frei, wie sie sagte, weil Rainer nach Mailand gefahren war. »Mailand ist nichts für Adam.« Adam hieß er also, der Kleine, was für ein Name. Rosie hob ihn aus dem Wagen, weil er quengelte, und reichte ihn Peter. »Halte mal«, sagte sie und fing an, sich die Bluse aufzuknöpfen. Sie holte mit beiden Händen eine Brust aus dem BH, und die hing dann über der Blümchenbluse wie eine Kugel Mozzarella. »Die hast du ja auch schon gesehen«, sagte sie, als sie Peters verwunderten Blick sah. Adam fing an der Kugel zu saugen an, damit war Rosies Gesprächsstoff stillgelegt, und sie wirkte plötzlich verlegen. »Lange her, das mit uns«, sagte sie. »Vier Jahre«, sagt Peter. »Gar nicht so lang.« Es war ihm nie klargeworden, warum Rosie ihn verlassen hatte. Seiner Lügen wegen, hatte sie erklärt. Weil er ihr nicht sagen wollte, dass er ins Casino ging, glaubte sie, er gehe zu einer anderen Frau. Er redete sich ein ums andere Mal heraus, und das wurde immer schwieriger. Aber sonst war es eigentlich immer schön gewesen mit Rosie, richtige Liebe mit viel Zartheit und viel Gelächter. Er hatte ihr das Darlehen zurückgezahlt. Von seiner Spielsucht erfuhr sie nie etwas.

Warum er hier sei, ausgerechnet hier. Er erzählte von Casta, dem alten Haus, in dem sie als Kinder die Ferien verbracht hätten und das immer noch seiner Familie gehörte. »Davon hast du mir nie etwas gesagt«, bemerkte Rosie und schien noch etwas anfügen zu wollen, etwas wie: Überhaupt nichts hast du mir gesagt. »Hast du was vor?«, fragte sie. Peter erschrak. Und ob er etwas vorhatte. »Wir könnten gemeinsam zu Mittag essen«, sagte sie. Er solle doch anstelle von Rainer zu Tisch sitzen, das Essen in der Feriensiedlung sei vorausbezahlt. Adam hing inzwischen an der anderen Kugel. »Es scheint ihm zu schmecken«, sagte Peter und versuchte ohne Hemmungen Rosies Brüste anzuschauen. »Ich habe Zeit«, sagte er, »es wäre schön, mit euch zu essen.« Ihm fiel ein, dass er Mattis Strohhut aufhatte. Vielleicht war es unhöflich gewesen, den Hut nicht abzunehmen, als Rosie auf ihn zukam.

Peter kannte die Feriensiedlung des Lehrervereins. Er war mal mit Rémy dort gewesen, zum Schabernacken. Damals waren sie fünfzehn. Rémy hatte seine Spraydose dabeigehabt und auf alle möglichen Wände und Türen *Oje* gesprayt. Danach waren sie atemlos ins Dorf gelaufen. Der Concierge hatte sie gesehen, und drei Tage lang waren sie voller Angst, sie könnten zur Rede gestellt werden. Das hatten sie einander erst später erzählt. Jetzt saß Peter mit Rosie an einem Tisch auf der Terrasse und blickte genau an eine Säule, an der mal *Oje* gestanden hatte. Er sagte Rosie nichts davon. »Ich war noch nie hier«, sagte er und hatte keine Ahnung, warum. Vielleicht war er wirklich der Lügner, als den Rosie ihn bezeichnet hatte, um ihn loszuwerden. Aber vielleicht hatte sie auch einen ganz anderen Grund gehabt. Womöglich diesen Rainer. Je länger er ihr gegenübersaß, desto schöner kam sie ihm vor. Alles an ihr war ein bisschen gerundeter, die Arme, das Kinn, sogar die Augen kamen ihm runder vor, auch dunkler. Es gab Minestrone und einen roten süßen Hauswein, Rosie aß und trank gierig, solange Adam im Wagen zufrieden brabbelte und mit seinen Händchen spielte. »Wirst du deinem Rainer sagen, dass ich seine Minestrone gegessen habe?« Rosie lachte verlegen. Sie sagte, Rainer sei Sekundarlehrer und komme schon seit Jahren hierher, er interessiere sich für die insubrische Insektenwelt. »Was ist denn das: insubrisch?«, fragte Peter und sah zu, wie Rosie Adam den kleinen Finger in den Mund schob und ihn daran lutschen ließ. »Alles weißt du also doch nicht«, sagte sie. »Insubrien ist, wo wir sitzen, ist das Land um die großen Seen herum.« Anscheinend hatte er immer so getan, als ob er alles wüsste. Was für ein ekliger Brocken musste er zum Schluss in ihren Augen gewesen sein. Ein Aufschneider, ein Lügner. Sie wollte wissen, was in seinem Leben inzwischen gelaufen sei. »Das ist schnell erzählt«, sagte er, »nichts ist gelaufen.« Ob er eine Freundin habe. Peter schüttelte den Kopf und wusste nicht, ob das nun eine Lüge war oder nicht.

Adam wurde unruhig. Rosie stand auf. »Ich bringe ihn ins Zimmer«, sagte sie. Peter stand ebenfalls auf und folgte ihr, sie schien nichts dagegen zu haben, auch nicht, als er hinter ihr das kleine Apartment betrat. Wie sie zog er die Schuhe aus und merkte jetzt, dass sie schlecht rochen, sie waren immer noch feucht. Im Spiegel beim Eingang sah er, wie unmöglich er daherkam, in dieser Stadthose, dem zerknitterten Hemd und Mattis übergroßem Hut. In der Garderobe hing eine helle Leinenhose und ein weißes Sommerjackett. So trat er also auf, der Rainer.

Rosie legte den Finger auf den Mund, Adam sollte einschlafen. An seinem Bettchen hing eine Biene aus Plüsch. Insubrisches Insekt, dachte Peter. Er trat auf den Balkon und wartete auf Adams Schlaf und alles Weitere. Auch hier blühten die lilablauen Dolden und dufteten sehr nach verbotener Süße. Auf dem Nebenbalkon saß gebeugt ein Mann, dem Geräusch nach schnitt er mit einem Nagelknipser die Zehennägel. Peter setzte sich in den Sichtschutz eines aufgehängten Badetuchs. Vielleicht war es Rosie lieb, dass er nicht auf ihrem Balkon gesehen wurde. Er dachte an Rosie im Bergsee, an Rosie beim Schminken im Rückspiegel, an Rosie gegen seinen Rücken gepresst auf der Vespa, an Rosie, wie sie sich beim Lesen die Stirne aufkratzte, an Rosie in seinen Armen am ersten Abend und am letzten. Das Denken an die Zeit mit Rosie war so rasend schnell wie eine Fahrt durchs All, der Mann auf dem Nebenbalkon beugte sich immer noch über die Füße. Das Denken sauste von Rosies Waden zu ihren Ohrläppchen und ihrer Art, den Kopf langsam zu drehen, wenn sie sich wunderte, zu ihrem Tick, die Zahnbürste abzutrocknen und zum Erwachen ihres Lächelns nach einem Streit.

Es war besser, sich zu verabschieden, jetzt gleich. Gerade als er sich erhob, streckte sie den Arm aus der Türöffnung und winkte ihn herein. Es sah aus, als winke ihn ein Meerestierchen in die Tiefe. Sie zeigte auf Adam, er schlief, sie standen vor dem schlafenden Häufchen, während Peters Hand unter Rosies Bluse schlüpfte und sich auf ihren warmen Rücken legte. Langsam drehte Rosie den Kopf. Die Hand blieb. Adam schlief.

Rosie knöpfte die Bluse auf. Jeder Knopf detonierte. Adam schlief.

Eine Stunde später wurde es dunkel im Zimmer, Donner – erst nur ein zages Klöppeln – kam rasch näher. Peter und Rosie hielten einander fest. Peter hatte von Rosies Milch getrunken. Unter der Decke roch es freundlich nach Kälbchen.

Als Rosie aufstand, wandte sie sich ab. Peter sah ihren Rücken, zart, ihre Pobacken, kräftig, dann verschwand sie im Bad. Er zog sich hastig an und trat unter die Balkontür. Der Himmel war beinahe schwarz, es regnete noch nicht. Auf dem Nebenbalkon saß der Mann mit den geschnittenen Zehennägeln und las die *Bild*-Zeitung. Die gabs im Dorfladen zu kaufen. Vielleicht konnte er in Rosies Zimmer bleiben, bis das Gewitter vorbei war. Nein, das war keine gute Idee, hier dauerten die Gewitter oft stundenlang, kollerten von einem Finale ins andere. Und wie ein unerwarteter Blitz konnte Rainer hier einschlagen. Peter suchte das Zimmer nach Rainer'schen Utensilien ab. An einem Kleiderhaken hingen eine

Badehose und ein Feldstecher, auf dem Frisiertisch lag eine Schirmmütze mit einer Taschenuhr drin. Und daneben war Rosies roter Geldbeutel. Sie hatte ihn auf dem Dorfplatz hervorgenestelt und darauf bestanden, ihren *caffè* selbst zu bezahlen. Peter machte ihn auf, und als er die vielen Noten sah, nahm er drei Hunderter heraus. Dabei erblickte er sich im Frisierspiegel, und nicht nur sich, er sah auch Adam, der in seinem Bettchen aufgestanden war und ihn übers Gitter anblickte. Er hatte Rosies runde Augen. Erschrocken steckte Peter die Noten zurück.

»Adam ist wach«, sagte Rosie so voll erstaunter Andacht, als sei er soeben frisch vom Himmel heruntergeschwebt. Das war wohl so, wenn man ein Kind hatte, man war davon hingerissen. Rosie hob Adam aus dem Bettchen, und zum ersten Mal verspürte Peter einen leisen Neid auf Leute wie Rosie, die ihr Kind hochheben und umarmen konnten. »Ich geh dann wohl besser«, sagte er. Rosie protestierte nicht. Aber nachdem sie sich geküsst hatten, war in ihren Augen ein nasser Glanz, gleich würde sie weinen.

Gleich würde es regnen. Peter rannte und hielt Mattis Hut fest.

Am Dorfrand fielen die ersten Tropfen, und als er die Bar erreichte, rauschte der Regen, klatschte auf den Platz und zischte wieder hoch. Peter setzte sich ans Fenster. Er war der einzige Gast. Der Blitz schlug in der Nähe ein, und der Knall war bis in die Brust zu spüren. »Madonna«, sagte der Barmann. Peter merkte erleichtert, dass auch der Barmann keine Lust zu reden hatte. So konnte er ungestört an Rosie denken. Aber es war nicht Rosie, die sich schimmernd aus dem Regenvorhang löste, es war Salome, sie formte die Lippen zu Dopamin, Noradrenalin, Serotonin, sie wusste, was in seinem Körper vorging, hatte sich kundig gemacht, ausgerechnet die schöne Salome hatte ein Helfersyndrom. Schwester Salome wollte ihm beistehen. Dafür war es zu spät. Mit ihrer Hilfe hatte er sich in den Casinos landesweit sperren lassen, aber das hatte nichts gebracht. Spielen ließ sich auch im Internet. Und klauen konnte er immer, sogar nach Liebe mit Rosie. Mal verspürte er Scham, mal wieder nicht.

Was für eine Fügung, dass er Rosie noch einmal getroffen hatte. Sie war direkt auf ihn zugelaufen. Jetzt müsste nur noch Mia über den Platz gerannt kommen und das nasse Gesicht ans Fenster der Bar drücken, genau da, wo er hinausschaute. Mia und Rosie, das war zweimal Liebe gewesen, zweimal Weh und Wunder. Aber Mia kam nicht gerannt, Mia lebte in Australien, dafür stürzten ein Mann und ein Hund in die Bar. Der Hund schüttelte sich und spritzte Peter voll. »Entschuldigung«, sagte der Mann und schälte sich aus seinem Plastiküberwurf. »*Che cane!*«, sagte er zu Peter und »*che tempo!*« zum Barmann. Und in der gleichen Windeseile, in der das Gewitter über die Dächer fegte, gab der Mann Auskunft über sein Leben: Deutschschweizer sei er, Elektriker, arbeite seit sieben Jahren hier, und der Hund sei der Hund seiner Frau. Als habe er zugehört, ließ sich der Hund schwer auf Peters Füße fallen. Seine Frau sei tot, fügte der Mann noch an. Peter wusste nicht, was er sagen sollte, erst recht nicht, als er sah, wie der Barmann ihm bedeutsam zunickte und so tat, als schneide er sich – ritzeratze – die Pulsadern auf. »Die arme Marietta«, sagte der Barmann in bestem Deutsch. Und nun, sagte der Elektriker, nehme er den Hund mit zur Arbeit, der warte jeweils im Auto und furze Flöhe ins Polster. Und bei jedem Wetter wolle er seinen Auslauf haben, er bringe ihm die Leine zum Fernseher oder ans Bett. »*Che cane.*« – »Wie läuft das Geschäft?«, sagte der Barmann und brachte ungefragt einen Campari an den Tisch. »*Bene*«, sagte der Elektriker, ausgerechnet vor den Ferien wollten die Leute alles geflickt haben, er komme kaum zum Essen, aber der Hunger sei ihm ohnehin vergangen. »Hat Marietta eigentlich etwas gesagt, bevor ... ich meine, du weißt schon.« – »Mir hat sie nichts gesagt«, sagte der Elektriker, »dem Hund vielleicht, mir nicht.«

Dann war es wieder still in der Bar, der Regen rauschte leiser. Peter beschloss zu gehen. Zwar konnte er noch nicht nach Casta laufen, nach fünf Minuten würde er triefnass sein, aber er wollte einen anderen Unterstand finden. Er mochte nicht länger die Pulsadern der armen Marietta vor Augen haben, auch fing der nasse Hund zu riechen an. Vorsichtig zog Peter die Füße unter dem schweren Hundekörper hervor und legte hörbar eine Münze auf den Tisch. Der Barmann hob die Hand. »Schönen Abend noch«, sagte Peter zum Elektriker und ärgerte sich, dass ihm nichts Besseres eingefallen war.

Er drückte sich den Hausfassaden entlang, um sich dann im Dorfladen eine Weile unterzustellen. Aber der Laden war geschlossen. Dafür stand schräg gegenüber ein Portal offen, das Peter vorher noch gar nie wahrgenommen hatte. Es schien das Portal einer Kirche zu sein, sie war, etwas zurückversetzt, zwischen die Häuser geklemmt, auf dem Dach gab es eine kleine Kuppel. Drei Stufen führten zum Eingang, Peter nahm sie in einem Satz. Seltsam, in all den Feriensommern in Casta hatte er diese Kirche nie betreten, auch nicht mit Matti oder Ina. Dabei waren sie oft in Kirchen gegangen, nicht um zu beten, sondern um sich über Prunk und Pracht zu wundern. Wäre ich Herr Jesus, hatte Matti einmal gesagt, würde mir schlecht. Peter sah sich um. Die Kirche war leer. Von Prunk und Pracht gab es hier nichts. Es gab nicht einmal Licht. Etwas tropfte. An drei Stellen standen Eimer und fingen die Tropfen vom Dach auf. Das war wohl der Grund, warum die Kirche offen war. Jemand wusste von den Löchern im Dach und hatte die Eimer druntergestellt. Jetzt fiel auch in Casta kein Licht mehr durchs Scheunendach, sondern Regen. Peter versuchte, nicht weiter an die Scheune zu denken. Er setzte sich in die vorderste Bank und sah hinter dem Altar die Umrisse einer Statue, Maria mit dem toten Jesus. Er hing über ihrem Arm, als hätte er sich tot gestellt, und sie hielt den Kopf, als ob sie auf das Tropfen lausche. Hier konnte er sitzen bleiben, bis das Gewitter vorbei war. Bereits war das Donnergrollen weiter weg, war bloß noch ein Magenknurren unseres Herrn im Himmel. Rosie, was machst du, denkst du an mich?

Außerhalb des Dorfes zog Peter Schuhe und Socken aus und ging barfuß weiter. Der Ziegenweg war vom Regen völlig aufgeweicht. Peter wollte seine teuren Schuhe nicht ruinieren, obwohl er sie demnächst nicht mehr brauchte. Noch während er in der Kirche gesessen hatte und sich im Halbdunkel der Film seines Lebens abspulte, war das Regenrauschen plötzlich verstummt. Der Himmel hellte rasch auf, die Konturen der Hügel wurden scharf. Als Peter zum Dorf zurückschaute, sah er den Hund des Elektrikers, er trabte gesenkten Kopfes dorfauswärts. Wahrscheinlich war er abgehauen. Vielleicht besuchte er auf dem Friedhof seine Marietta. Peter tauchte in den tropfenden Kastanienwald. Hier hatten er und Judith einmal gestritten, wer die größere Kastanie gefunden habe. Sie waren in einen solchen Streit geraten, dass sie sich auf dem Boden wälzten und einander würgten, während die Kastanienhüllen durch ihre Kleider stachen. Ihre zwei Zankkastanien lagen danach noch lange auf dem Kaminsims und schrumpelten der Bedeutungslosigkeit entgegen. Jetzt stritt er sich nicht mehr mit Judith. Er nahm an, dass er ihr egal war. Seit wann das so war, wusste er nicht. Es war immer schön gewesen, sich mit ihr zu prügeln und wieder Frieden zu schließen. Es war niemanden etwas angegangen außer sie zwei.

Siam pronti alla morte, hieß es in der italienischen Nationalhymne, Matti konnte sie singen, Matti hatte viel gesungen in Casta, vor allem im Treppenhaus, dort hallte es so schön. Er hatte auch Gedichte geschrieben und sie niemandem gezeigt. Nach seinem Tod hatte Judith sie alle gelesen und als Schmalz abgetan, und Ina hatte protestiert. Kaum war Matti tot, durfte niemand mehr etwas Abschätziges über Matti sagen. Das war das Gute am Totsein.

Der Hof in Casta war voller Pfützen. Signor Cavattis Moped stand nicht mehr da. Peter spähte in die Scheune, einen Stuhl würde er noch brauchen. Aber erst wollte er sich ein trockenes Hemd suchen, er fröstelte. Er schloss die Haustür auf und hängte Mattis feuchten Hut wieder an den Haken. Im Stehen trank er den Rest des Weins von letzter Nacht und spülte das Glas. Langsam, so als müsste er sich jeden Schritt endgültig einprägen, stieg er das alte Treppenhaus hoch, über die abgetretenen Steinstufen, ließ seine Hand den Unebenheiten der Wand entlanggleiten, berührte die vier Säulen auf der Terrasse, Matti, Judith, Peter und Ina. Auf dieser Terrasse, so ging die Sage, soll Garibaldi den Besitzer von Casta gebeten haben, beim italienischen Freiheitskampf mitzumachen. Ina liebte solche Geschichten, sie erzählte sie wieder und wieder. Sie hob sie auf in ihrem Kopf, so wie sie alles aufhob, was an alte Zeiten erinnerte. In ihren Schubladen fand er Kleider und Papierkram wild durcheinander, sie würde nicht merken, dass er hier gewühlt hatte. Zwischen den Hemden steckte das Bild einer ernsten jungen Frau. Er schob es irgendwo zwischen die Papiere und zog ein dunkelblaues Hemd vom längst toten Matti an, es roch nach Lavendel, und die Ärmel waren ein bisschen zu kurz. Peter war größer als sein Vater, aber das hatte dieser nicht mehr mitbekommen. Nun war es Zeit, Matti zu folgen.

Plötzlich fühlte er sich so schlecht, dass er nicht mehr aufrecht stehen konnte. Er kauerte und hielt sich den Kopf, glaubte heftig zu zittern, dabei war er ruhig. Er wäre gern in lautes Weinen ausgebrochen, aber nichts kam, kein Wimmern, gar nichts. Was zum Teufel war das, was ihm Augen und Ohren zudrückte und ihm den Atem nahm. Was zum Teufel war das für ein Schmerz, der nirgendwo wehtat.

So plötzlich, wie die Angst gekommen war, ging sie.

In der Kommode im Wohnzimmer fand Peter ein leeres Blatt Papier. Er wusste nicht, an wen er seinen Brief richten sollte, wer der nächste Gast sein würde in Casta. Und so schrieb er einfach:

Hallo.

Willkommen in Casta.

Er wunderte sich, dass er nicht weinte. Er schrieb seinen Abschiedsbrief wie einen Einkaufszettel.

Bitte geht nicht in die Scheune. Der Anblick wird nicht schön sein. Ruft zuerst die Polizei.

Leider kann ich nicht am Leben bleiben. Ich habe es verspielt.

Ihr gefalle seine Schrift, hatte Judith mal gesagt.

Es war schön mit Euch.

Wenns ginge, würde ich Matti von Euch grüßen.

Peter

Nun weinte er doch.

Einen Umschlag brauchte er noch. Wieder wühlte er

in den Schubladen. Und plötzlich hatte er Geld in der Hand, neue Noten, in eine Bankquittung gewickelt – Dubai Airport Bank. Das musste Onkel Ukas hier vergessen haben, der flog an Orte wie Dubai, in dubiosen Geschäften, wie Ina sagte. Trotz allem, sagte sie, liebe sie ihren Bruder, wobei sie mit »trotz allem« sein unstetes Leben meinte und die Tatsache, dass er Casta nur als Absteige für Liebesabenteuer brauchte.

Es waren sechshundert Euro.

Bis es dunkel wurde, dauerte es noch Stunden. Vielleicht sollte er nochmals eine Flasche Wein aufmachen. Und schon mal den Stuhl bereitstellen. Der Küchenstuhl, der wacklige, war nicht schlecht. Er überlegte, was er auf den Umschlag schreiben sollte. *An Familie Strassner,* nein, das war zu unpersönlich. *An meine Lieben,* doch das waren sie gar nicht. *Willkommen in Casta,* das stand schon im Brief, und überhaupt war es zu zynisch. Aber er mochte den Brief nicht neu schreiben. Warum nicht *Ene mene morte,* das war familientauglich, das ging. Er stellte den blauen Tonkrug in die Mitte des Tischs und lehnte den Umschlag schräg dagegen.

Noch war Tag, ein Sommertag, ein warmer Wind leckte das Gras, es war schon fast wieder trocken. Peter setzte sich auf die Steinbank. Der Lavendel war jetzt schon deutlich zu riechen. Er musste ausprobieren, wie er die Scheunentür von innen schließen konnte, mit dem Vorhängeschloss ging es nicht, er musste sie irgendwie festklemmen. Jetzt, wo er hier saß, Blick auf Himmel und Hügel, waren die Schrecknisse aufs Mal wieder weg, hinter die grüne Wand verbannt. Vielleicht hatte es damit zu tun, dass nun alles bereit und entschieden war. Er würde noch eine Weile hier sitzen und an nichts und niemanden mehr denken. Und während er an nichts dachte, fiel ihm der Name des stotternden Vogels wieder ein: Wendehals.

Die Kirchturmuhr schlug sechs, als er bergabwärts rannte. Möglich, dass er das Postauto schon an der Fermata San Pio erwischte. Je früher er in Lugano war, desto besser. Er würde mit dem Schiff nach Campione fahren. Wenn kein Kursschiff mehr fuhr, gab es bestimmt Ausflugsboote für schöne Sommerabende. In Casta war alles in Ordnung. Er hatte die Scheune geschlossen, seinen Umschlag vom Tisch genommen, den Hausschlüssel ins Versteck geschoben. Nur sein Hemd hatte er irgendwo liegen lassen. Noch ein einziges Mal wollte er es versuchen. Die sechshundert Euro aus Dubai waren ganz einfach ein Geschenk. Morgen würde er Salome anrufen. Von ihr wusste er, dass Botta das neue Casino Campione gebaut hatte. Rate mal, wo ich bin, würde er sagen.

II

Ina hört die Grillen noch

Wie ein großer Furunkel, hätte Ina gerne geschrieben, aber das ging nicht, das Ferienheft sollten alle lesen, das war immer so gewesen. Also schrieb sie: *Wie ein roter Lampion.*

Wie ein roter Lampion ging die Sonne unter, Luna stand solange still da.

Eigentlich hatte Luna so still dagestanden, weil auf der Gartentreppe eine dickkopfige gescheckte Katze saß und sich nicht von der Stelle rührte. Luna hatte Angst vor Katzen. Aber dieser erste Satz im Ferienheft klang so ganz gut, und sowohl der erste wie der zweite Teil des Satzes waren wahr, und wer sie beim Lesen logisch verknüpfte, war selbst schuld.

Ina legte den Stift zur Seite, stand auf und ging hinaus und sah zum Fenster der Kinder hoch. Alles war still, sie schienen zu schlafen. Erleichtert trat sie wieder ins Haus und schenkte sich ein Glas Wein ein. Später würde sie einen Blick ins Kinderzimmer werfen, auf Luzi, der bald sieben wurde, auf Luna, die eben vier geworden war. Wahrscheinlich lagen sie beide im großen Bett, zwei kleine Gebäcke, Luna ein gerolltes, Luzi ein gestrecktes.

Zwei Wochen würde Ina mit den Enkelkindern allein sein, dann wollte Judith kommen, dann die andern.

Ina hörte den Kauz, ging noch mal hinaus, um zu

lauschen, der Kauz blieb still, aber die Grillen waren laut. Jeden Sommer, wenn Ina nach Casta kam, prüfte sie, ob sie die Grillen noch hörte, ob ihre Ohren nicht zu alt dafür waren. Vor fünfzig Jahren, als ihre Mutter das Haus gekauft hatte, war Ina zum ersten Mal nach Casta gekommen. Damals hatte man noch den Nachttopf draußen im Plumpsklo geleert, damals gab es noch Smaragdeidechsen auf dem Gelände, auch Rebhühner, damals hatten sie den Nussbaum gesetzt. Damals war sie, Ina, noch ein dünnknöchliges Mädchen gewesen, das sich geschämt hatte für die Bilder, die ihre Mutter malte. Ein paar Leinwände standen jetzt noch hinter zwei kaputten Fahrrädern in der Scheune. Was das sei dort hinten, wollte Luzi wissen. Nichts, Luzi, bloß Abfall, alte Ware.

Was, wenn sie mit den Kindern nicht zurechtkam? Wenn sie sich langweilten? Wenn sie barfuß auf eine Viper traten? Ina wischte sich übers Gesicht. Vergiss es. Was gab es denn Besseres, als mit Luzi und Luna unter diesem alten Dach zu sein, in diesen alten Räumen, wo jeder Türknauf und jede Treppenstufe zu reden anfingen, wenn man hinhörte.

Die Katze saß wieder auf der Treppe.

Ina verriegelte die Haustür, stieg im Dunkeln die Treppe hoch, die auf die Terrasse führte, und setzte sich auf die Balustrade. Genau das wollte sie den Kindern gleich morgen früh verbieten. Sie malte sich aus, wie Luna hinunterstürzte und auf den Steinplatten aufschlug. Wieder wischte sie sich übers Gesicht. Vergiss es. Im Mondlicht lagen die Schatten der Säulen wie Barrikaden auf den zerbrochenen Fliesen der Terrasse. Ina stieg darüber hinweg und tastete sich ins Kinderzimmer. Ja, sie lagen zusammen im großen Bett. Und morgen würden sie sich wieder streiten. Mit der Taschenlampe, die Luzi ans Bettgestell gehängt hatte, leuchtete sie kurz über die Köpfe. Luna schien im Schlaf zu kichern. Luzi schwitzte, die Löckchen klebten.

Mitten in der Nacht wurde sie wach, sie hörte einen Motor. Ein Wagen fuhr die Straße hoch, an Casta vorbei. Seltsam, seit Jahren war kein Fahrzeug mehr hinauf nach Castagneto gefahren. Seit Jahren wohnte niemand mehr dort, Ziegel waren vom Dach gerutscht, und zwischen Schwelle und Haustür wucherten Schöllkraut und Brennnesseln, das hatte sie im letzten Herbst selbst gesehen. Unheimlich, dachte Ina, ich schlaf mal besser wieder ein. Sie nahm sich vor, nicht in den angefangenen Traum zurückzurutschen, wo die dickkopfige Katze saß und das Maul bewegte, als würde sie reden.

Von der Lampe an der Decke hing immer noch die violette speckige Schnur, die schon da gehangen hatte, als ihre Mutter das Haus kaufte. Die werde ich ersetzen, hatte sie zu Ina gesagt. Ina wusste, was ihre Mutter dachte: dass an der Schnur jeden Abend die alte Frau gezogen hatte, die Frau, die dann wahrscheinlich in diesem Bett gestorben war, die Frau, die Albina geheißen hatte und von der man im Dorf sagte, sie sei freundlich gewesen, aber geizig, sie habe sicher irgendwo Geld versteckt. Inas Mutter hatte für das Bett eine neue Matratze gekauft, aber die alte Schnur blieb. Jetzt zog Ina daran. Die alte Albina war tot, Inas Mutter war tot, und wenn Ina mal tot war, hing die Schnur vielleicht immer noch da.

Such Albinas Geld, hatte ihre Mutter jeweils gesagt, wenn es Ina langweilig war. Einmal hatte Ina in einer Mauernische eine alte Patronenschachtel gefunden, sie war leer, und auf der Innenseite des Deckels hatte jemand geschrieben: *Stanotte vidi un'immensità di stelle.*

Die Stille hat mich geweckt, dachte Ina am frühen Morgen, die Stille will gehen. Sie setzte sich auf und ließ ein Buch zu Boden fallen, und die Stille machte sich davon und strich über die morgendunkeln Hügel auf der anderen Talseite. Unten im Tal heulte das erste Motorrad auf. Ina klemmte die Sandalen unter den Arm, lauschte an der Tür. Im Nachthemd wollte sie nicht dem Nasenmann begegnen. Rasch und leise lief sie nach unten. Der Nasenmann hieß Nasenmann, seit Luzi ihn so genannt hatte. Seine Nase sah aus wie eine riesige höckrige Erdbeere, eigentlich hieß er Cavatti. Er lebte im Ostflügel des Hauses und hatte das Recht, das Treppenhaus und die Terrasse zu nutzen.

»Was machen wir heute?«, fragte Luzi, als sie beim Frühstück saßen. »Putzen«, sagte Ina. »Putzen ist nichts Richtiges«, sagte Luzi. »Also gut«, sagte Ina, »ich putze, und ihr macht etwas Richtiges.« – »Was?«, fragte Luzi. »Ihr sucht Albinas Geld.« Sie erzählte von der angeblich geizigen Albina, die dreißig Jahre allein in Casta gelebt hatte, nachdem ihr Mann an der Grippe gestorben war. »1918«, sagte Ina, »da starben die Leute wie die

Fliegen.« Luna wollte wissen, wie Fliegen sterben, und Luzi rannte in die Küche und holte die Fliegenklappe. »Was ist geißig?«, fragte Luna. »Nicht geißig, Schätzchen, geizig war sie, die Albina, sie hat mit niemandem ihre Sachen geteilt.« – »Geißig! Geißig!«, lachte Luzi und schlug mit der Fliegenklappe nach Luna. Es war erst acht Uhr morgens.

Ina schloss den Kindern die Scheune auf und wartete, bis sie die Gummistiefel angezogen hatten. Sie waren vom letzten Jahr und passten noch knapp. Luna zog sie gleich wieder aus. »Anziehen«, sagte Ina streng und zählte auf, in was man treten konnte: rostige Nägel, Sicheln, Skorpione, Marder- und Katzenscheiße und hundert Jahre alten Dreck. Dann fand sie an einem Haken zwei Schirmmützen, »Geldsuchermützen«, sagte sie. »Und nun sucht alles gründlich ab.«

Im Wohnzimmer schob sie die Möbel von der Wand und drehte Sessel und Stühle um. Wie immer nach ein paar Monaten waren die Spinnweben dicht und zäh und behangen mit Kokons. Der alte Staubsauger dröhnte, die Laufkäfer flohen verstört. Ina saugte alles Lebendige auf, was sie erwischen konnte, Fliegen, Weberknechte, eine Wespe. Sie stellte sich vor, im Staubsack wäre ein Aufruhr, und alle Saugopfer stürzten durchs Rohr zurück und über sie her. Unter dem Sofa lag eine verdorrte Eidechse, und rund um den Kamin war Mäusekot. In der Fensternische standen zwei ungewaschene Cognac-Gläser. Wer war zuletzt in Casta gewesen? Wahrscheinlich Ukas, wahrscheinlich mit einer Frau. Als Kind hatte Ina ihren Bruder Lukas Ukas genannt, und er war den

Namen nicht mehr losgeworden. Jetzt bekommt er eine Zeit lang keinen Cognac, dachte Ina, oder er besticht einen Wärter dort in der Untersuchungshaft. Plötzlich fiel Ina der Wagen wieder ein, den sie in der Nacht gehört hatte. Das machte sie unruhig. Sie wollte gegen Abend mit den Kindern nach Castagneto laufen und von Weitem auskundschaften, ob da jemand war.

Wenn Ina allein in Casta war, macht sie einen Lügenentzug: Sie schrieb nur trockene Stichwörter und nichts Beschönigendes ins Ferienheft, und wenn die süßsaure Kassiererin im Dorfladen *»buona giornata«* wünschte, zeigte Ina höchstens ein lächelfreies Nicken. Vor dem Badezimmerspiegel machte sie nicht umgehend ihr bestes Gesicht, sondern sah sich den verkniffenen Mund an, dann die schlecht geflickten Zähne und die Schlabberhaut am Kinn. Und sie versuchte schonungslos zu sein, wenn sie an ihre Familie dachte, das war am schwierigsten. Nach ein paar Tagen Lügenentzug war sie ein paar Tage suchtfrei. Dann war die Verdrängungssucht wieder voll da, der alte Trott vom Schönreden und Hübschwünschen, der stets nette Ina-Ton. Möglicherweise war die nette Ina sogar die wahre Ina, und sie brauchte sie sich gar nicht zu ändern. Jetzt, mit den Kindern, ging das Nichtlügen ohnehin nicht.

Luna stand unter der Tür und bewegte den Mund wie die dickkopfige Katze im Traum, Ina schaltete den Staubsauger aus. »Was hast du gesagt, Luna?« – »Ob das dem Käfer wehtut.« – »Was für ein Käfer?« – »Der im Sauger.« Ina wusste nicht, wie lange Luna schon dagestanden und zugeschaut hatte, und sie wusste nicht, was sie Luna antworten sollte, und die strenggläubigen Jaina in Indien fielen ihr ein, die ein Mundtuch trugen, damit nicht versehentlich eine Mücke in ihrem Mund den Tod fand. »Der Käfer«, sagte Ina, »der spürt nichts, der ist gleich tot.« – »Welcher Käfer?«, fragte Luzi, der hinter Luna auftauchte. »Der Käfer im Staubsauger«, sagte Ina. »Und ihr beiden seid so dreckig, dass ich euch am besten auch aufsauge.« Sie öffnete den Staubsauger, um eine neue Tüte einzulegen, sah in allen Küchenschränken nach, fand aber keine. Dafür fand sie etwas Rotgraues, Weiches, das voller Maden war. Es stank nicht, aber Ina spürte Brechreiz, und sie war wütend auf Ukas, nie räumte er richtig auf, nie. Empört streifte sie Gummihandschuhe über.

»Ina, komm, schnell!« Wieder stand Luna unter der Tür. »Schnell, komm!« – »Ist was passiert?«, schrie Ina und rannte an Luna vorbei in die Scheune.

Luzi kauerte am Boden und hatte mit seiner Geldfindermütze etwas zugedeckt. Er hielt eine Rebschere in der Hand. »Was schneidest du da?«, fragte Ina. Luzi hob vorsichtig die Mütze hoch. Darunter lag aufgeschnitten der Staubsaugersack, und eine staubige Wespe versuchte aus dem Sack zu krabbeln. Ina erschrak. »Sie lebt«, sagte Luzi nur. »Auch der Käfer.« Er stocherte mit der Rebschere in dem pudrigen Nest aus Staub und Dreck und Haar und Flaum und half dem Käfer auf die Beine. Die zuckten ein paarmal, dann blieb der Käfer liegen. Luzi schubste ihn an, und wieder zuckten die Käferbeine. »Lass das!«, schrie Ina. »Es sind auch Fliegen im Sack«, sagte Luzi. »Zeig«, sagte Luna. Hilflos sah Ina zur Decke hoch. Vom Balken hing ein Seil, und durchs Dach fiel ein Lichtstrahl. Wahrscheinlich waren ein paar Ziegel verrutscht. Wir werden das flicken müssen, wenn die anderen da sind, dachte Ina. Jens wird aufs Dach klettern. Und Judith wird die Leider halten. So redete Jens, die Leider, sagte er. Und der Parmesang. Und die Disgusionen. Judith war nicht bereit für weitere Disgusionen. Sie hatte mit Jens sechs Monate vereinbart. Wenn es bis dann nicht besser wurde zwischen ihnen, wollten sie aufhören. Jetzt waren sie im dritten Monat.

Ich kann mich nicht in Judiths Leben einmischen, dachte Ina. Sie ist meine Tochter, und alles, was ich tun kann, ist mich ärgern oder ängstigen.

»Man muss für die Fliegen Gräber machen«, sagte Luna.

Um fünf Uhr nachmittags schloss Ina die Haustür. Der Himmel war lavendelblau, das Rascheln im Bambus versprach ein bisschen Kühle. Ina schulterte den Rucksack, sie hatte Brote und Saft eingepackt, auch Mückenspray und ein kaputtes Leintuch als Picknickdecke. Lunas Rücken war beängstigend rot, hoffentlich würde er noch braun werden, bis Judith kam.

Links und rechts der Straße nach Castagneto war dickes Gestrüpp, dicker als früher, dachte Ina, hier habe ich früher vierblättrigen Klee gesucht. Es war schwierig hier, nicht immer an früher zu denken. Luzi und Luna rannten voraus und verschwanden in der Biegung. Ina ging ein paar Schritte lang schneller, dann ließ sie es sein. Richtig einholen würde sie die Kinder nie, immer würden sie ihr voraus sein auf irgendeinem Weg, und sie würde irgendwann stehen bleiben, liegen bleiben. *Muh, alte Kuh. Bäh, alte Kräh.*

Was von Weitem aussah wie eine Blüte, war eine zerdrückte Marlboro-Schachtel. Sie lag auf den Brombeerranken, frisch weggeworfen aus einem Autofenster, also war jemand nach Castagneto hochgefahren. »Luzi«, rief Ina, so laut sie konnte, »wartet!« Es konnte auch sein, dass die Schachtel von einem Grenzwächter war, Castagneto lag im Bereich ihrer Kontrollgänge. Ina erinnerte sich, wie sie als Kind nicht weit hinter Castagneto mit Ukas ein Loch im Grenzzaun entdeckt hatte. Sie waren hin und her durch das Loch geschlüpft und hatten tagelang Schmuggler gespielt. Ob ihre Mutter das gewusst hatte? Vermutlich nicht. Vermutlich hatte sie ihre unsäglichen Bilder gemalt und ihre Kinder darüber vergessen. Ukas hasste Bilder, immer noch, die Wände in seiner Wohnung waren leer. »Was ist?«, schrie Luzi. Er stand mit Luna weit oben auf der Straße und hatte so etwas wie einen Knüppel in der Hand. »Nichts«, schrie Ina.

Wie wär das, dachte Ina, wenn aus dem Himmel eine Hand käme und mir die Vergangenheit samt Erinnerung entreißen würde? Wie zufrieden wäre ich dann mit dem, was ich nach dem Entreißdiebstahl noch hätte? Mit diesen Füßen unter diesem Körper, die diese Straße hochgehen, zu Kindern, die ich zum ersten Mal sähe. Mit diesen Händen, die sich ans Gesicht greifen würden, von dem ich nicht wüsste, wie es aussieht, an einen Haarschopf, von dem ich nicht wüsste, dass er grau ist. Luzi und Luna würden mich zurückführen nach Casta, würden wissen, dass man der Tür einen Tritt versetzen muss, damit sie aufgeht.

Die Hand, die Ina sich vorstellte, tauchte weiß und knochig aus dem Firmament, fasste Inas Vergangenheit mit drei Fingern und verschwand damit ruck, zuck im Unsichtbaren. Bitte, Hand, lass mir ein Jahr Erinnerung! Dann würde ich immerhin Judith und Peter kennen, wenn ich mich auch nicht erinnerte, dass ich sie geboren habe, ich würde die Alp mit Mattis verstreuter Asche finden und die Sehnsucht nach ihm, wenn ich mich auch nicht erinnerte, wie die Liebe gewesen war. Ich wüsste, wie man liest und schreibt, ich könnte in Casta die Ferienhefte lesen, wenn ich mich auch nicht erinnerte, in den vielen dunklen und hellen Jahren dabei gewesen zu sein.

Die Schreie kamen so unerwartet, dass Ina schwindelte. Es waren die Kinder, die schreiend aus ihrem Versteck brachen. Die drei ineinander verwachsenen Kastanienbäume hatten damals schon Ina und Ukas als Versteck gedient. Luna lachte so, dass sie sich beim Luftholen verschluckte. »Wie weit gehen wir noch?«, fragte Luzi. »Noch zehn Minuten«, sagte Ina und bedauerte, dass die Kinder nicht murrten. Sie wäre gerne umgekehrt.

Die drei Kastanienbäume hatten einen Namen gehabt, aber Ina brachte ihn nicht heraus. »Wie könnten die drei Bäume heißen?«, fragte sie. Luzi sah sie verständnislos an, aber Luna sagte umgehend »Das ist der Baumiak.« –

»Abgemacht, Baumiak«, sagte Ina. »Der Baumiak stinkt«, sagte Luzi. »Wie?«, fragte Ina. »Nach Fisch«, sagte Luzi. Er hat Mattis Nase geerbt, dachte Ina. Wenn sie sich Mühe gab, roch sie das Tranige auch. Das waren die Blüten, die so rochen, die langen gelben Fransen. »Der Baumiak ist uralt«, sagte Ina. »Darum stinkt er«, sagte Luna. Luzi wollte wissen, wie alt, und Ina sagte, Kastanienbäume könnten fünfhundert Jahre alt werden, und vor fünfhundert Jahren hätte man noch keine Autos gehabt und keine Telefone und kein elektrisches Licht. »Und keinen Staubsauger«, sagte Luna.

Die Straße war nun keine Straße mehr, sondern festgetretene Erde ohne Schotter, in der Gras und Spitzwegerich wuchsen, wenn auch kümmerlich. »Dort ist Castagneto«, sagte Ina, zeigte auf die blassrosa Mauern hinter zwei Zypressen und hielt Luzi fest, der losrennen wollte. »Wir schleichen uns an«, sagte Ina. Sie wunderte sich, wie heiß es war hier oben, es schien, dass der Tag in dieser angenehmen Mulde träge liegen blieb. Ein Helikopter knatterte über ihre Köpfe, Luzi und Luna gaben ihr die Hand. Schon von Weitem sah sie, dass die Fensterläden zu waren, einer hing schräg, was aussah wie ein gelähmtes Augenlid. Auch die Tür war geschlossen, es war eine wunderschöne blassblaue zweiflügelige Tür, Matti hatte sie einmal fotografiert. Hinter den Zypressen blieb Ina stehen, Luzi und Luna duckten sich, Luzi sagte zu Luna »Hier wohnt der Schwarze Schuut.« Langsam ging Ina näher, sie sah das wuchernde Schöllkraut zwischen Tür und Mauer, sie sah die abgeblätterte blaue Farbe auf der Türschwelle, sie sah nichts, was darauf hinwies, dass kürzlich jemand hier gewesen wäre. Einzig ein leerer Plastiksack lag auf dem Vorplatz, den konnte auch der Wind hergeweht haben.

»Picknick«, sagte Ina und zerrte das Leintuch aus dem Rucksack. Luzi riss es ihr aus der Hand, warf es über Luna und kroch dann selbst drunter. »Was macht ihr?«, sagte Ina, und Luzi sagte dumpf »Der Schwarze Schuut kommt.« – »Ja, spielt ein bisschen«, sagte Ina. Sie ging zur blauen Tür und stieß sie sachte an, sie gab nicht nach. Sie spähte um die Hausecke, lief der fensterlosen Fassade entlang, über Ziegelstücke, die vom Dach gerutscht waren, lief auf die ebenerdige Terrasse zu, auf der früher zwei Hunde aus Sandstein gestanden hatten. Sie blickte zurück, die Kinder folgten ihr nicht. Sie sah den Mann nicht gleich, als sie die Terrasse betrat. Zuerst fiel ihr die halb offene Terrassentür auf. Er lag im Schatten des Vordachs, reglos, ein Arm überm Gesicht. Er ist tot, dachte Ina. Sie rannte zu den Kindern, aber da lag nur noch das Leintuch, die Kinder waren weg. Schon wollte sie rufen, als ihr einfiel, dass man sie dann auch im Hause hörte. Wieder knatterte ein Helikopter, vielleicht war das die Polizei. Als er verschwunden war, knatterte Inas Herz. Sie fand die Kinder auf der anderen Seite des Hauses, wo sie an einer verrosteten Vespa zerrten, die von Geißblatt überwachsen war. Wie schön sie sind, dachte Ina, als sähe sie zum ersten Mal Luzis schmales entschlossenes Gesicht und Lunas Lächeln, das sich wie Glimmer übers ganze Gesicht verteilte. Warum bin ich bloß mit ihnen hierhergekommen. Als Luzi aufschaute, legte sie den Zeigefinger auf die Lippen und winkte ihn zu sich.

»Hol Luna«, flüsterte sie, »wir müssen hier weg, ich sag dir nachher, warum.«

Sie rannten, bis Castagneto nicht mehr zu sehen war, Ina hielt Lunas Hand, Luzi zog das Leintuch hinter sich her. Als sich Ina ins Gras fallen ließ, schaute Luzi vorwurfsvoll auf sie herab und sagte »Also, sag, warum.« – »Die Terrassentür war offen«, sagte Ina, »es könnte sein, dass jemand im Haus ist.« Luzi schien enttäuscht. »Und darum bist du weggerannt?« Ina nickte. Sie packte den Rucksack aus. »Ich habe keinen Hunger«, sagte Luzi. Er wolle zurück und im Haus nachsehen, wenn Ina Angst habe, gehe er voraus, und wenn niemand da wohne, wolle er die Vespa mit nach Hause nehmen, Luna und er hätten schon angefangen, sie auszugraben. »Heute nicht mehr«, sagte Ina. Plötzlich war es kühler, und rundum schien alles dunkler und fremder. Ina packte die Brote wieder ein.

Luzi grollte auch noch, als er zu Bett ging, und Luna jammerte, als Ina ihr den roten Rücken einsalbte.

Ich mache mich lächerlich, dachte Ina, wenn ich die Polizei anrufe. Guten Abend, in Castagneto liegt ein Mann auf der Terrasse, und die Terrassentür ist offen. – Ja, und? Darf ein Mann nicht liegen und eine Tür nicht offen sein? – Schon, ja. Aber alle Fensterläden sind geschlossen, und auch die Haustür. – Ja, und? Viele Leute schließen bei Hitze die Fensterläden, und seit wann darf eine Haustür nicht mehr zu sein?

Sie hätte näher treten und den Mann ansprechen oder anfassen, seinen Arm ein bisschen verschieben oder ihn an den flachsweißen Haaren zupfen müssen. Einem Toten ins Gesicht zu sehen wäre nichts Neues für sie gewesen. Aber sie hatte Angst vor der offenen Terrassentür, vor jungen Typen, die grinsend herausgekommen wären, he Lady! Der am Boden war jung, war kein alter weißhaariger Mann, die Haare waren bestimmt gefärbt, er hatte kräftige braune Beine und schöne, gar nicht knotige Füße. Sie musste nochmals hin, ohne Kinder. Wenn sie noch schliefen, morgen früh, gleich, wenn es hell wurde.

Ina aß alle Brote aus dem Rucksack und sank bleischwer ins Bett.

Einmal schrie eines der Kinder, kurz und schrill, als Ina nachschaute, lagen beide gleich tief im Schlaf, Ina wusste nicht, wer geschrien hatte.

Im Traum regte sich Ina maßlos auf, weil sie in der Eisenbahn nur Zugang zu den hinteren Waggons hatte, die vorderen waren geschlossen. Sie erwachte schimpfend und wusste sofort, dass die vorderen Waggons die Zukunft waren. Da hatte sie nichts mehr zu suchen. Aber nach hinten standen ihr alle Abteile offen, das hinterste war ihre Kindheit, hier saß sie mit Ukas und schaute aus dem Fenster und konnte Castagneto sehen. Damals waren da alle Fensterläden offen, und links und rechts der Tür stand ein Zitronenbaum in einem hölzernen Topf, und wenn sich Ina und Ukas am Haus vorbeischlichen, hörten sie oft Musik, schmetternde Stimmen, die sich der Alte anhörte, der Colonello, wie er im Dorf genannt wurde. Der Colonello Ombrosi liege schon seit Jahren im Bett, hieß es. Manchmal ging ein Priester mit Ministrant den Weg hoch nach Castagneto. Jetzt stirbt der Alte, sagte Ina jeweils zu Ukas. Aber er starb noch lange nicht. Ina wusste nicht genau, wer noch in Castagneto wohnte. Vor der Haustür stand ein Dreirad, und immer hing sehr viel Wäsche zum Trocknen auf der offenen Veranda unterm Dach, aber außer dem Mann mit dem türkisblauen Auto bekamen sie niemanden zu Gesicht. Der, sagte Inas Mutter, sei der Sohn des Colonellos und wahrscheinlich reich, denn seine drei Töchter besuchten alle ein Internat. Sie erlaubte dem Sohn des Colonellos, jeweils das Auto in Casta in den Hof zu stellen, wenn die Straße hinauf nach Castagneto wegen eines Wolkenbruchs nicht mehr passierbar war. Ina war es peinlich, wie unnatürlich herzlich ihre Mutter mit dem Türkisgrünen umging.

Vielleicht hat sie für ihn geschwärmt, dachte Ina. Einmal hatte Ina die drei Töchter gesehen, die Internatsmädchen, sie waren anmutig an Casta vorbeigelaufen, in dunkelblauen Kleidern und ebensolchen Söckchen und Schuhen, und Ina hatte gedacht, so schön möchte ich auch sein. Sie hatten auf Deutsch gegrüßt.

Es war bereits sieben und tagweiß, als Ina erwachte. Zu spät, um nach der Leiche in Castagneto zu sehen, dachte Ina. Ich hätte mich ohnehin nicht getraut, die schlafenden Kinder allein im Haus zu lassen. Und eigentlich konnte ihr die Leiche egal sein. Sollte sie jemand anderes finden. Vielleicht hatte sich die Leiche inzwischen auch davongemacht. Sie hörte, wie Luzi und Luna an ihrer Tür flüsterten, und stellte sich schlafend. »Ist sie tot?«, flüsterte Luna. »Buh!«, machte Ina, worauf die Kinder in einem angenehmen Schauder aufschrien.

»Was ist das?«, fragte Luzi. »Es hat zwei Räder und fährt nicht.«

Nun fängt das Rätseln wieder an, meine Schuld, dachte Ina, ich habe sie letztes Jahr damit angesteckt. »Ein Uhrwerk«, sagte Ina. »Nein!« – »Zwei Spinnräder.« – »Nein! Mit W fängts an.« – »Ich geb auf.« – »Eine kaputte Vespa!« – »Das ist gut«, sagte Ina, »das ist sehr gut. Vespa schreibt man mit V.« – »Egal«, sagte Luzi, »steh auf, dann gehen wir zum rosaroten Haus.«

Draußen war es bereits so warm, dass der aufgeheizte Rosmarin bis hinauf in ihr Zimmer roch. Vielleicht war das gar keine schlechte Idee, jetzt gleich nochmals nach Castagneto zu gehen. Sie würde die Kinder schon irgendwie ablenken können, wenn sie auf der Terrasse nachsah. Sie schlüpfte in die Kleider, sah ihren Armen und Beinen zu, die sich beim Anziehen beugten und streckten, und stellte sich vor, das seien selbstständige Lebewesen und würden sich, nach der langen Nachtruhe, jetzt hinausbegeben in den Tag. Leben, dachte Ina, komische Sache, ließe sich gut in ein Rätsel packen:

Das Schwein hat eins, der Stein hat keins, und wers von hinten sieht, sieht Nebel.

Sie holte ein leeres Heft und schrieb das Rätsel auf, während sich Luzi und Luna draußen um etwas stritten.

Die Frühstücksbrote, welche die Kinder nicht essen wollten, packte sie in den Rucksack, dazu Wasser und das Handy, sie suchte Mützen für alle, die Sonne brannte bereits. Luzi streichelte die dickkopfige Katze,

Luna stand fluchtbereit daneben. »Sie hat Hunger«, sagte Luzi. »So sieht sie nicht aus«, sagte Ina, holte aber umgehend ein Schüsselchen mit Milch. Sie sahen zu, wie die Katze ihren großen Schädel über die Milch senkte, den Schwanz wie eine Antenne ins All gerichtet, und hörten auf das gleichmäßige Geräusch des Läppelns.

»Wie heißen sie schon wieder?«, fragte Ina, als sie an den drei Kastanienbäumen vorbeikamen. »Baumiol«, sagte Luna. Luzi protestierte. »Gestern hat sie etwas anderes gesagt.« – »Nein.« – »Doch.« – »Nein.« – »Doch.« – »Seid leise«, sagte Ina, »nicht dass uns die in Castagneto jetzt schon hören.« Luzi schenkte ihr einen wunderbar listigen Blick und rannte voraus.

»Was ist das«, sagte Luna, »es ist klein, es ist etwa so klein«, sie formte mit Daumen und Zeigefingerchen eine Öffnung, »also, es ist etwa so klein wie ein Schneckenhaus, ein großes, und es ist braun, sehr braun, aber es hat auch noch etwas Weißes daran, aber es hat keine Beine. Und auch keinen Schwanz, aber manchmal hat es Stacheln, dann kann man es nicht in die Hand nehmen, aber sonst schon, man kann es essen, man muss es braten, und schälen muss man es auch, was ist das, Ina?« – »Das ist das längste Rätsel der Welt.« – »Nein, eine Kastanie!« – »Ach so.« Luna tänzelte. Nur die reine Freude konnte so tänzeln.

Sie würde, wenn der Mann noch da lag, gleich von Castagneto aus die Polizei anrufen. Sie suchte sich die italienischen Sätze zusammen. *Uomo morto*. Hatte Mortadella eigentlich etwas mit Tod zu tun? Sie hörte einen Hund, aber das Bellen kam eher von der Seite als von oben auf dem Hügel. Luzi war nicht mehr zu sehen. »Luzi!«, rief sie. Das kam so heiser heraus, dass Luna sie erstaunt ansah. Die Angst ist wieder da, dachte Ina. Castagneto war mir immer unheimlich, schon damals, als der alte Colonello noch durch die offenen Fenster seine Opern erschallen ließ. Und jetzt fiel Ina auch der kleine Hund wieder ein, der jeweils hinter einer Hausecke hervorgeschossen kam und Ukas und ihr kläffend hinterherlief. Eine schimpfende Frauenstimme im Innern des Hauses hatte dem Hund Einhalt geboten, aber er kehrte erst um, wenn Ukas ihm eine Handvoll Steine vor die Beine pfefferte. Aber wo hatte Ukas die Steine her? Erinnerungen waren unzuverlässig.

Mal kommen sie gar nicht, mal ungefragt, mal anders daher als bislang – und immer ist Er voran.

Das wollte sie nachher ins Rätselheft schreiben. Wenn nur schon nachher wäre. Luzi stand wieder mitten auf dem Weg. »Da droben liegt etwas«, sagte er. »Was?«, fragte Luna. »Etwas Totes«, sagte Luzi. Ina erschrak. »Zeig!«, sagte Luna.

Das Tote war ein Maulwurf. Er lag auf dem Rücken, die großen Hände nach oben gerichtet, das strenge Maul war zu. So wie er dalag, schien er zu sagen, Herr, dein Wille geschehe. Herr, dachte Ina, was machst du nun mit ihm, was zum Teufel machst du mit Maulwurfsseelen?

»Er hat das feinste Pelzchen«, sagte sie, »es lässt sich nach beiden Seiten streicheln.« Und schon strich Lunas Finger auf und ab über den Maulwurfsbauch. Man sollte tote Tiere nicht anfassen, dachte Ina, und schon strich auch Luzis Finger über den Bauch. Luna wollte den Maulwurf begraben, aber der Boden war rundum zu hart. Ina deckte ihn mit ein paar Farnwedeln zu und versprach, nochmals mit einem Spaten herzukommen. Sie leerte den Kindern Wasser über die vermaulwurften Finger. Was man nicht alles tat, wissend, dass es nichts brachte. Das halbe Leben war Vorgaukelei. Nach der nächsten Wegbiegung kam Castagneto in Sicht.

Ina blieb stehen und packte die Frühstücksbrote aus. »Das wird jetzt gegessen, und zwar hier, im Schatten«, sagte sie und wunderte sich, dass die Kinder die Brote anstandslos entgegennahmen und im Gehen zu kauen anfingen. Im Morgenlicht sah das Haus irgendwie zu hoch aus, wie ein Turm, der sich verlaufen hatte. Die Fensterläden in allen drei Stockwerken waren zu. Ina stellte ihr Handy an. Die Haustür war geschlossen. Der Plastiksack auf dem Vorplatz war weg. Der Puls klopfte in Inas Hals. »Ihr wartet hier auf mich«, sagte sie, als sie bei den Zypressen standen, »ich will alleine nachsehen, ob jemand da ist.« Wieder machten die Kinder anstandslos, was sie sagte, sie kauerten sich sogar hin. Sie spüren meine Angst, dachte Ina. Sie merken alles, die kleinen Teufel, sie tolerieren mein Großmuttergehabe, indem sie es durchschauen. Wieder stieß sie die blaue Tür sachte an, wieder spähte sie um die Hausecke, wieder lief sie über die kaputten Ziegel auf die Terrasse zu. Herr, dachte sie, Herr über alle toten Maulwürfe, mach, dass hier keine Leiche liegt.

Es lag keine Leiche da. Die Terrasse war leer. Und die Terrassentür war offen, weit offen.

Beim Zurücklaufen rutschte sie auf einem der kaputten Ziegel aus, das machte ein Geräusch. Die Kinder kauerten immer noch zwischen den Zypressen. »Kommt«, sagte sie. »Da ist jemand zu Hause.« Luzi streckte seinen Zeigefinger aus, den vermaulwurften, vom Butterbrot glänzenden. Langsam drehte Ina den Kopf. An der Hausecke stand jemand. Es war der Flachshaarige. Gestern war er tot gewesen. Jetzt schaute er fragend auf Ina und die Kinder. »Ich zeige euch die Grenze, kommt«, sagte Ina, »die ist gleich da hinten, dann könnt ihr ein paar Steine von einem Land ins andere werfen.« Sie ging und sah sich nicht um, ob ihr die Kinder folgten. Hier gab es keine Straße mehr, nur noch einen angedeuteten Pfad. »Warum rennst du«, hörte sie Luna hinter sich fragen, und Luzi rief »Was ist jetzt mit der Vespa?«

Ina hielt erst an, als sie in den Wald eintauchten. Castagneto war nicht mehr zu sehen. Als sie vor dem Grenzzaun standen und Ina sagte »Da drüben ist Italien«, sagte Luzi »Und wo sind die Steine?« – »Was für Steine?« – »Die zum Werfen.« Es waren keine da, nur altes Laub. Der Boden war so weich, dass er federte. »Wirf halt etwas anderes«, sagte Ina. »Was?«, sagte Luzi, und das klang quengelig. Ina schluckte einen unwirschen Laut herunter. Jetzt freundlich bleiben, dachte sie, ich bin schließlich schuld, dass wir da sind. Sie erzählte vom Loch im Zaun und wie sie und Ukas da jeweils gespielt hatten. »Ich will auch so ein Loch«, sagte Luna. »Vielleicht finden wir eins«, sagte Ina. Aber sie fanden keins. Dafür stand mitten zwischen den Bäumen ein Kapellchen mit einem sanft geneigten Ziegeldach. Das hatte Ina noch nie gesehen. Und es war denn auch kein Kapellchen, sondern ein Unterstand für den Grenzwächter. Luzi und Luna nahmen es sofort in Besitz. Ein kaputter Stuhl stand drin, an der Wand hing eine Rolle Draht, und die Fensterschlitze waren mit Lumpen zugestopft. »Hier bleiben wir«, sagte Luzi, und Luna fragte »Was wären wir? Wäre ich böse?«

Ina kickte ein paar alte Kastanienhüllen weg und legte sich flach auf den Boden. Die Stille kam ihr lauter vor als die Stimmen der Kinder. Wenn sie die Augen zukniff, sah sie durchs Laub der Bäume einen goldenen Strahlenkranz. Eine Kapelle hätte hier gut gepasst. Etwas knurrte, Ina schreckte hoch. Das war das Handy in ihrem Rucksack. »Ja?« – »Ich bins, Judith.« Judith klang so, als hätte sie schlechte Nachrichten. Aber sie hatte keine. Sie wollte wissen, ob Luzis Schnitt verheilt war. Ina hatte nicht gewusst, dass Luzi einen Schnitt hatte. »Doch, am Fuß, wie, den hast du nicht gesehen?« Ina sagte, sie hätten wunderbares Wetter, richtiges gutes altes Casta-Wetter, die Kastanien seien in Blüte, und die Waschmaschine funktioniere wieder. Die Kinder? Alles bestens. Als sie aufhängte, sah sie, wie Luzi Luna vor dem Unterstand zu Boden drückte. »He«, rief Ina.

Sie versuchte, aus »Streit« ein Rätsel zu machen.

Luzi kam hergerannt. »Der Mann war da«, sagte er. Mann? »Der vom rosaroten Haus. Der, der uns gesehen hat.« Ina stand auf. Es war Zeit, nach Hause zu gehen.

»Was soll ich ins Ferienheft schreiben?«, sagte sie, als sie alle daheim am Steintisch saßen. Luna erwähnte den Maulwurf und dass es heiß war. Luzi sagte nichts. »Schreib doch du mal etwas«, sagte sie, aber Luzi mochte nicht.

Die Sache mit den Ferienheften hatte Inas Mutter angefangen. Von ihr gab es nur wenig Eintragungen, etwa: *Ina Masern, Arzt war da.* Oder: *Heute sagten sie am Radio, durch Berlin solle eine Mauer gebaut werden.* Wer regelmäßig geschrieben hatte, Tag für Tag, in ihrer ordentlichen Schrift, war Ina. Und als sie die Hefte später einmal las, dachte sie: Wie langweilig ich war. Inzwischen gab es bestimmt mehr als dreißig Hefte, blaue, braune, graue. In einigen stand nur auf den ersten paar Seiten etwas, andere waren voll, das waren die aus den Jahren mit Matti. Was Matti geschrieben hatte, war wunderbar zu lesen, das hatte Judith gesagt, und das zählte.

Matti, wenn du noch hier wärst.

Ina schleppte alte Decken in die Scheune, weil Luzi dort eine Räuberburg bauen wollte. Luna warf sich fröhlich auf den weichen Stapel, aber Luzi sagte schroff »Nein, Luna, nicht.« Ina sah Lunas enttäuschtes Gesicht, es wirkte kleiner, als wärs geschrumpft. Erst wollte Ina eingreifen, dann schlich sie sich feige davon.

Sie schlug das Ferienheft auf. Luzi hatte doch etwas hineingeschrieben. *Ein Mann hat uns verfolgt.*

Judith, die immer alles las, würde wissen wollen, wie das war mit dem Mann. Manchmal hatte Ina ein wenig Angst vor ihrer Tochter, der gelernten Drogistin, die stets wusste, was zu machen und was zu meiden war. Judith sollte sich besser selbst fragen, dachte Ina trotzig, wie das war mit dem Mann, ihrem Jens nämlich, auf den sie reingefallen war und der ihr jetzt auf die Nerven ging, und zwar nicht bloß, weil er Raube, Falder und Schmedderling sagte.

Vor achtundzwanzig Jahren, so rechnete Ina aus, hatte in Castagneto noch jemand gewohnt. Nicht mehr der alte Colonello, auch nicht mehr der Sohn mit dem türkisblauen Auto oder seine drei schönen Internatstöchter, aber deren kleiner Bruder lebte da noch, dem hatte wohl seinerzeit das Dreirad gehört. Er war vielleicht dreißig, hieß Mauro, arbeitete in der Stadt und hatte eine junge Frau. Sie war so jung, dass man sie aus Versehen duzte: *Ciao Riccarda, come stai?* Damals war Matti oft hinauf nach Castagneto gegangen, weil Mauro die Idee hatte, Ferienwohnungen einzubauen, und Matti maß aus und machte Zeichnungen für Mauro. Ganze Nachmittage verbrachte Matti in Castagneto. Meine Beine hauen ab, sagte er, wenn er jeweils wegging, den Zeichenblock unterm Arm. Einfach mit Ina und der kleinen Judith und Baby Peterchen im Grünen zu sitzen, das hielt Matti nicht aus. Aber dann waren Mauro und Riccarda weggezogen. Einen Umbau hatten sie gar nicht erst angefangen. Irgendwann bekam Matti von Mauro eine Karte aus Sequim, USA, *stiamo bene, abbiamo un bambino*, und er sei in den Holzhandel eingestiegen. Grüß Castagneto. Castagneto blieb leer. Die Jahre vergingen. Matti starb. Castagneto blieb leer.

Gegen Abend fuhr Ina ins Dorf, die Sonne war weg, die Luft noch warm. Luzi und Luna saßen müde auf dem Rücksitz, schmutzig vom Spiel in der Scheune. Im Westen war der Himmel schwarz. Luna hatte das Begraben des Maulwurfs zum Glück vergessen.

»Ina, warum hast du keinen Mann«, fragte sie. »Ich hatte mal einen, Großvater Matti«, sagte Ina. »Der ist tot.« – »Warum wird man tot«, fragte Luna. Während Ina nach einer schmerzfreien Antwort suchte, rutschte Luna in einer Kurve auf Luzis Seite, es gab Streit, und die Frage nach dem Totwerden war erledigt.

Den alten Laden gab es nicht mehr, er war jetzt Teil einer Ladenkette und hieß Satellit. Die Ladenfrau war noch dieselbe, die mit der süßsauren Miene. Ratlos stand Ina vor der kleinen Auslage mit schlaffem Gemüse und schrumpligem Obst. Früher hatte es hier Kirschen und Beeren aus dem Dorf gegeben, frischen Ziegenkäse, Salat aus den Gärten. Jetzt kam alles aus der Kommandozentrale, war abgepackt und roch nach Plastikfolie. Früher, früher, dachte Ina, hör doch auf mit diesem ewigen Früher. Früher klebte Kuhmist an den Krautstielen, und

Judith mimte Brechreiz, wenn es Krautstiele gab, und Peter weigerte sich, Brot zu essen, nachdem er etwas darin gefunden hatte, das wie ein Stück Daumennagel aussah.

Ein Wind fegte über den Dorfplatz, Luna streckte die Arme aus und ließ sich von der wild gewordenen, warmen Luft stoßen. Der schwarze Himmel kam näher. Die Bierteller flogen von den Tischchen vor der Bar. Ina bestellte sich einen Campari, Luzi wollte Cola, Luna das, was Luzi wollte. Auf dem Platz saß man wie in einem runden gelben Topf mit einem rotgeziegelten Rand. Unter dem dunklen Himmel wurden die Hausfassaden immer gelber.

»Es bewegt sich, aber man sieht es nicht«, sagte Luzi. »Was ist das?« – »Das Herz«, rief Luna. »Ich habe nicht das gemeint«, sagte Luzi. »Aber es stimmt«, sagte Luna. »Nicht wahr, Ina, es stimmt?« Ina nickte. »Stimmt nicht«, sagte Luzi, »wenn man dich aufschneidet, sieht man das Herz, oder? Ina?« – »Dann schon«, sagte Ina. Luna sah erschrocken aus. »Was hast du denn gemeint, Luzi?«, fragte Ina. »Den Wind.« – »Den sieht man«, sagte Luna. Sie zeigte auf ein zerknülltes Papier, das über das Kopfsteinpflaster torkelte. »Man sieht ihn nicht«, widersprach Luzi. »Man sieht das Papier, aber nicht den Wind.« Du gleichst deinem Großvater, dachte Ina, Matti war auch so genau. Und sie liebte Luzi noch ein bisschen mehr als sonst.

Beim ersten fetten Donnerschlag rannten sie zum Auto. Donner polterte über den Hügel, ein Kegelbahn-Geräusch. Schon die ersten Tropfen waren riesig. Als sie ins Auto kletterten, waren sie bereits nass. Ina fuhr im Schritttempo durchs Dorf. Das Wasser schlug gegen die Fenster wie aus Feuerwehrschläuchen. Luzi und Luna waren still. »Stellt euch vor, da draußen wäre das Meer, und wir wären in einen Sturm geraten«, sagte Ina. »Luna kann nicht schwimmen«, sagte Luzi. Am Dorfrand, beim Friedhof, musste Ina anhalten, die Sicht war zu schlecht. Sie stellte den Motor ab und zwängte sich zu den Kindern auf den Rücksitz. Wenn der Donner knallte, hielten sie einander fest. Das Herzklopfen war wie ein Echo des Donners. Braune Brühe floss unter dem Gittertor des Friedhofs hervor.

So rasch wie er gekommen war, hörte der Regen wieder auf, die Schleusen wurden geschlossen. Als sie in Casta vorfuhren, rannte der Nasenmann über den Hof und rief »*Porco cane!*« Er hatte Wasser im Keller. Donner war immer noch zu hören, weit weg, er rollte Richtung Mailand.

Ina wühlte in der Schlafzimmerkommode, in den Schubladen sah es so aus wie in ihrem Kopf, sie hätte schon längst mal Ordnung machen müssen. Sie hoffte, für Luna ein Foto von Großvater Matti zu finden. Luna sollte sehen, was für einen schönen Großvater sie hätte, wenn er noch lebte. Kurz nach Mattis Tod hatte Ina in einem verzweifelten Moment das Schicksal angespuckt und die Fotos von Matti verbrannt. Aber vielleicht kam ja noch eins zum Vorschein zwischen den abgelaufenen Fahrplänen und veralteten Wanderkarten. Oder er war noch auf einem Familienbild zu sehen. Nein, kein Matti, dafür jede Menge Bilder vom Maulesel des Nasenmanns, ein altes Foto der Nachbarin Riccarda und ganze Stöße von Zeitungsartikeln über Polentarezepte, Florenzreisen und Giftschlangen.

Das war von Matti nach dreizehn Jahren noch da: der Nussschnaps, den trank niemand. Die Farbe Blau der Kinderzimmerkommode, die Schraffuren seines Pinsels. An der Biegung im Treppenhaus eine blasse Stelle ganz oben, wo nur er jeweils hingefasst hatte, weil sonst niemand so groß gewesen war. Das geflickte Stück Gartenmauer. Die steile, klare Schrift in den Ferienheften. Zuhinterst im Schrank der zusammengerollte Schafwollpullover, den niemand anzog, weil er kratzte. Ein einzelnes helles Haar auf dem Pullover. Das Foto, schwarz-weiß, von Ina, Judith und Peter unterm Nussbaum, das Matti gemacht, und der Rahmen, den Matti auf dem Dorfmarkt gefunden hatte. Der Blick durch das eine Fenster, wo nur Matti am Abend in den Falten des Hügels ein Gesicht sah. Mattis Gummistiefel, noch glänzend. Mattis Lieblingstasse. Die Lavendelbüsche, die er gesetzt hatte. Der Spaten, den er sich in den Schuh gerammt hatte. Sein Fluchwort, das Ina zu hören glaubte, wenn sie den Spaten in die Hand nahm. Seine Lieblingsseite im Bett. Die Liedzeile, die er gesungen hatte, wenn er die Treppe hinunterlief, wobei der letzte Ton genau auf die letzte Stufe passte.

Er war gar nicht so wunderbar, wie ich es mir heute einbilden will, dachte Ina, als sie die Kleider der schlafenden Kinder zusammenlas und auf die blaue Kommode legte. Er war ein Schwersinniger, mein Matti, er hat mir immer wieder die Flügel versteckt, und er hat es als selbstverständlich genommen, dass ich ihn liebte. Nein, gar nicht so wunderbar, dachte sie, als sie an der Lampenschnur der alten Albina zog und sich ins Ehebett der alten Albina legte. Aber er war da. Sie strich mit dem ausgestreckten Arm über die leere Stelle neben sich. Kein Matti mehr da. Nur noch ein bisschen Schmerz.

Nagt und fängt mit Sch an. Nein, die Schermaus ist es nicht. Der Morgen war hell und ruhig, von Gewitter keine Spur. Sie drehte das langweilige Brot aus dem Laden namens Satellit in Milch und Ei und briet die Schnitten in Butter. »Was ist das«, fragte Luzi. »Satelliten«, sagte Ina. Luzi und Luna aßen gierig, Luzi warf die letzte Schnitte durch die Luft, Ina sah ihn strafend an, und Luzi sagte »Ist doch ein Satellit.« Lunas Gesicht war verstochen von den Nachtmücken. Sie sah erbärmlich aus. »Heute fahren wir zur grünen Schlucht«, sagte Ina. »Macht euch schon mal einen Schlangenstock parat.«

Nach der Schlucht wollte Ina im Municipio nachfragen, wer denn jetzt in Castagneto eingezogen sei. Sie suchte das Wörterbuch und fand es auf dem Sims über dem Kamin, wo es nicht hinpasste, weil es zu gelb war. Einbrecher hieß »*scassinatore*«. Sie wolle nur sicher sein, dass kein *scassinatore* in Castagneto eingedrungen sei, würde sie sagen. Seit über zwanzig Jahren habe das Haus der Ombrosis doch jetzt leer gestanden. Auf der Innenseite des Wörterbuchdeckels stand etwas in Mattis Schrift: *Wörter sind Taschen, in die jeder was anderes hineinsteckt.* War das ein Zitat?

Als schon alle im Auto saßen, fiel Luna der Maulwurf

wieder ein. O nein, dachte Ina. »Du hast es versprochen«, sagte Luna. »Du hast gesagt, wir begrabigen ihn.« Luzi lachte. Luna heulte auf. Also holte Ina den Spaten. Den mit Mattis Fluch dran.

Das Gewitterwasser hatte die Straße verändert, die neuen Furchen waren zum Teil so tief, dass die Kinder springen mussten. Die Kastanienblüten rochen nicht mehr, die Luft war frisch gefegt. Sie suchten den ganzen Hang ab, Mulde um Mulde, Farnbusch um Farnbusch. Als Ina einmal hochblickte, sah sie den Flachshaarigen, wie er im Schatten der Bäume stand und ihnen zuschaute. Dann spürte er Inas Blick und verschwand. Den Maulwurf fanden sie nicht.

»Kratz nicht«, sagte Ina zu Luna, die an ihren Mückenstichen rieb. Den Dreck unter Lunas Fingernägelchen sah sie erst jetzt. Ich sorge nicht gut genug für sie, dachte sie beschämt. Auch eine kühlende Salbe hatte sie vergessen. Auf dem Weg zur grünen Schlucht summte Luzi ununterbrochen. »Was ist das für ein Lied«, fragte Ina. »Keins«, sagte Luzi und hörte mit Summen auf. Das war die Strafe für Inas Fragerei. Sie fand den alten Parkplatz auf Anhieb, von da war es nicht weit bis zum Einstieg in die Schlucht. »Jetzt seid ihr Schluchtforscher«, sagte sie. Die Kinder packten ihre Schlangenstöcke und zogen die Mützen in die Stirn. Schon nach wenigen Schritten schluchtabwärts war es völlig still, dafür rochen Geißblatt und Nesseln beinahe hörbar, und das Holz moderte schon fast geschwätzig. Unter dem Stechpalmendach wurde es dunkler, die feuchte Luft wirkte wie Waschküchendunst. Die Spinnfäden zwischen den Zweigen erkannte man erst, wenn sie einem im Gesicht klebten, wie Gedanken, die zu spät gekommen sind, dachte Ina, und die man unwirsch wegwischt.

Das seidenpapierdünne Rauschen in der Tiefe war die Lisetra, der Bach. Luzi ging voran und gab Anweisungen, »festhalten«, »aufpassen«, »bücken«. Dann blieb er abrupt stehen. Eine Schlange wand sich aus dem Springkraut und über den Pfad. Ina spürte Lunas klammernde Hand. Die Schlange wollte nicht enden, die Zeit stand still. Als sie nicht mehr zu sehen war, drehte sich Luzi nach Ina um. »Ringelnatter«, sagte Ina, »nicht giftig.« – »Aber sie sah böse aus«, sagte Luna, und hieb ein paarmal mit ihrem Stock auf den Boden. »Nicht«, sagte Ina, »vielleicht ist sie eine Prinzessin.« – »So ein Scheiß«, sagte Luzi. Ina erinnerte sich an die Liste, die ihre Mutter angelegt hatte, mit Wörtern, die Ukas und Ina nicht sagen sollten. Ukas hatte Mutter ausgelacht, weil die Liste nur fünf Wörter umfasste, mehr waren ihr gar nicht eingefallen. Ukas und Ina ergänzten die Liste, das dauerte Monate. Jeden unfeinen Ausdruck, der ihnen zu Ohren kam, schrieben sie auf. Als keine neuen mehr auftauchten, erfanden sie selbst welche, arschbackenbleich, brunztortenöd, igittigott oder gottverdummmich. Als Mutter die Liste sah, warf sie sie wortlos in den Eimer, aber Ukas fischte sie später wieder heraus. Vielleicht hat er sie noch, dachte Ina. Vielleicht könnte er sie jetzt im Gefängnis brauchen. Urkundenfälschung hieß die Anklage, wobei Ukas behauptete, da sei nichts dran. Aber Ina wusste, wie findig Ukas immer gewesen war, wenn es darum ging, etwas zu vertuschen. Ab und zu hatte er in Mutters Schrift Inas schlechte Prüfungen unterschrieben. Ina hatte plötzlich große Lust, heimzufahren und Ukas im Gefängnis zu besuchen, sein verlegenes Lachen zu hören, seinen riesigen Händen zuzuschauen, wenn er auspackte, was sie ihm mitgebracht hätte. Aber das ging nun nicht, sie hatte auf die Kinder aufzupassen. Bestimmt rief Ukas demnächst an, um zu sagen, er sei wieder draußen und alles in Ordnung.

Sich selbst belügen, das hatte Ina immer gut gekonnt. Es half umgehend, warum sollte sie es nicht tun. Und überhaupt – was war eine Lüge und was nicht.

Die Aussage, sie fange keinesfalls mit L an, ist bereits eine.

Lange formulierte Ina an diesem Rätsel herum, und als sie fand, nun sei es gut genug, um zu Hause ins Heft geschrieben zu werden, stand sie bereits unten am Bach. Sie blickte zurück und staunte, wie steil der Hang gewesen war. Luzi und Luna zogen die Stiefel aus und stiegen ins Wasser. Die Lisetra floss hier kaum, lag lautlos im mooskühlen Bett, das Rauschen kam von weiter unten. Ina suchte sich zwischen den Steinen einen Platz zum Hinlegen und wollte ein Rätsel über die Stille machen, aber gab bald auf. Dieser blöde Rätselwahn. Mit Unbehagen dachte sie an das Telefongespräch mit Peter. Sie hatte versucht, ihn zu einem Besuch in Casta zu überreden. »Dann wären wir wieder mal alle beisammen«, sagte sie. Judith hatte sie nichts gesagt von ihrem listigen Anruf. Judith rümpfte die Nase über Inas Familiengehabe und ihre Manöver. Nun, vielleicht wurde nichts aus dem Treffen. Peter hatte recht distanziert geklungen, er musste unheimlich viel zu tun haben, ihr erfolgreicher Sohn. Aber wie schön würde es sein, wenn sich Bruder und Schwester mal wieder wie früher um den Hals fielen und ihre eigenartige Höflichkeit ablegten. Nein, es war nicht falsch gewesen, Peter anzurufen. Rasch wischte sich Ina übers Gesicht: Vergiss es. Sie hörte, wie Luna und Luzi Steine ins Wasser warfen, so wie es platschte, mussten es riesige Steine sein. Hoffentlich lassen sie sich die Steine nicht auf die Füße fallen, dachte Ina, ich müsste aufstehen und nach dem Rechten sehen, müsste sagen, kommt, wir bauen eine Brücke, munter müsste ich das sagen, müsste mich munter bücken nach Holz, schaut mal den langen Baumstamm, der wird bis ans andere Ufer reichen, packt mit an. Aber Ina war zu müde. Nein, dachte sie, nicht müde, nur alt.

Castagneto und die Ombrosis fielen ihr wieder ein, und wie alt sie, Ina, sich gefühlt hatte neben Mauros junger Frau Riccarda. Sie hat noch den Schmelz, hatte Matti gesagt, wie eine frisch gepflückte Pflaume. In dem Sommer, als Matti ganze Nachmittage in Castagneto verbrachte, weil Mauro diesen Umbau plante, in dem Sommer war Ina 35 geworden, daran konnte sie sich erinnern wegen der gebackenen Zahlen. Matti hatte Riccarda gebeten, aus Brotteig eine 3 und eine 5 zu backen, die 5 war ihm auf dem Nachhauseweg zerbrochen, er hatte sie mit Zahnstochern flicken müssen. Die geflickte 35 lag zum Geburtstagsfrühstück draußen auf dem Steintisch, und Ina hatte sich nicht so gefreut, wie sie sich ihrer Meinung nach hätte freuen sollen.

Beklommen dachte Ina an den Flachshaarigen, sein eigenartiges Spähen und schnelles Verschwinden, und wie er betäubt auf der Terrasse gelegen hatte. Er spioniert uns nach, dachte sie, vielleicht glaubt er, ich hätte etwas gesehen, was ich nicht hätte sehen sollen. Sie beschloss, auf keinen Fall noch einmal nach Castagneto hinaufzuwandern, und ahnte schon, dass sie es trotzdem tun würde. Castagneto hatte schon immer so ausgesehen, als husche ein Geheimnis zwischen Haus und Bäumen hin und her.

Was nur ein banges Gefühl gewesen war, wurde hier unten in der Schlucht zu einer eigentlichen Furcht: Das Geheimnis von Castagneto werde sich entschleiern und ihr eine schadenfrohe Fratze zeigen.

Zum Municipio gingen sie vergebens, es war geschlossen. Auf der ganzen Heimfahrt stritten sich die Kinder auf dem Rücksitz. Auch im Streit behielten sie ihre schönen dunklen Stimmen. Als Ina ansetzte, in Casta mit Schwung in den Hof zu fahren, musste sie abrupt bremsen. Mitten auf dem Platz stand ein Krankenwagen. Plötzlich waren die Kinder still. Luzi und Luna sind bei mir, überlegte Ina blitzschnell, der Krankenwagen ist nicht für uns. Dem Nasenmann musste etwas zugestoßen sein. Noch während sie im Auto saßen, kamen zwei Sanitäter mit der Bahre um die Ecke. Ina stieg aus und ging ihnen entgegen. Der Nasenmann hatte die Augen zu, er war weiß, auch die Erdbeernase war nicht mehr rot. »Signor Cavatti!«, sagte Ina, und da schlug er die Augen auf. Ina sah, dass er etwas sagen wollte, aber das blieb im Mund hängen. Die Sanitäter zuckten mit den Schultern, als Ina fragte, was los sei. Sie könne im Krankenhaus anrufen, »Ospedale Santa Croce«, morgen früh. »Signor Cavatti«, sagte Ina nochmals. Und wieder sah sie, dass in dem weißen Gesicht etwas Ungesagtes stecken blieb. Sie schoben den Nasenmann in den Wagen. Ab in den Ofen, so sah das aus. Ob Ina die Nachbarin sei, wollte einer der Sanitäter wissen. Man müsse noch Ordnung machen, sie solle die Verwandtschaft anrufen. Er streckte Ina einen Schlüssel entgegen. Dann fuhren sie mit dem Nasenmann davon. »Wir können ihn mal im Krankenhaus besuchen«, sagte Ina. Die Kinder sagten nichts, und das hieß Nein.

Nun saß sie ganz allein hier in Casta. In den Häusern weiter unten würde man sie nicht hören, wenn sie um Hilfe schrie. Und im Haus weiter oben war der Flachshaarige und spionierte ihr nach.

Sie duschte die Kinder mit dem Gartenschlauch, das Wasser im Schlauch war sommerwarm. Sie spritzte einen glitzernden Bogen in die Luft, und die Kinder rannten darunter hin und her und kreischten, wenn sie den Bogen senkte. Von der Verwandtschaft des Nasenmanns wusste sie nichts. Das Municipio konnte sie heute nicht anrufen, aber die Ladenfrau konnte sie fragen, die war aus reinster Dorferde und kannte wohl jede und jeden. Die Wassertropfen an den Weidenblättern blinkten wie elektrische Lichter. Ina sprühte sich Wasser ins heiße Gesicht.

Die Ladenfrau klang ganz anders, als sie aussah, überhaupt nicht süßsauer. Ja, Signor Cavatti habe eine Schwester. In Norwegen. Die sei aber nie mehr gekommen, seit sie geheiratet habe da oben. Freunde? Nein, von Freunden wisse sie nichts. Was nun sei mit der Lieferung von übermorgen. Signor Cavatti habe vier Kisten Wein bestellt. Ina dachte an das weiße Gesicht, es schien unmöglich, dass darin eine Öffnung war, in die man Wein einlaufen lassen konnte. Die Ladenfrau wünschte einen schönen Abend.

Ein schöner Tag in der geheimnisvollen grünen Lisetra-Schlucht, Luzi und Luna waren Schluchtforscher, wir sahen eine Ringelnatter.

Vom Nasenmann schrieb Ina nichts ins Ferienheft, das Heft sollte nicht nach Krankheit riechen. Sie drehte den Schlüssel zweimal in der Haustür, und kurz vorm Einschlafen stand sie nochmals auf, um zu kontrollieren, ob die Tür wirklich geschlossen war. Auf der Terrasse blieb sie stehen. In der Nachtbläue tauchten Fledermäuse auf und ab, wie schwimmende Punkte im Auge. Mattis Lavendel roch auch im Dunkeln.

Ina erwachte früh, sie hatte wieder geglaubt, ein Auto zu hören, diesmal von Castagneto bergab. Entschlossen stand sie auf, lief über den Hof und öffnete Nasenmanns Tür. Unten war die Küche und ein Wohnzimmer mit Fernseher, das wusste sie, sie ging gleich die Treppe hoch und blickte beherzt in die beiden Zimmer. Da war kein zerwühltes Bett und nichts Erbrochenes am Boden, alles wirkte sauber und ordentlich. Über den Betten lagen straffe Decken. Sie fand die Tür zur Terrasse und sperrte sie weit auf, damit sie die Kinder von hier hören konnte, wenn sie erwachten.

Im Wohnzimmer roch es verbraucht, im Sofa hockten die Jahre. Da, wo der Nasenmann jeweils saß und fernsah, hatte sein knochiger Hintern eine Mulde ins Polster gedrückt. Ina las die Zeitschriften am Boden zusammen, die knalligen Titelseiten nahmen sich seltsam aus in dieser Gruft, sie stapelte die halb nackten Frauen aufeinander. An den Wänden hingen ein paar Kupferpfannen, auf dem Tisch lag die Rechnung des Elektrizitätswerks unter einem vollen Aschenbecher, den trug sie in die Küche. Sie rannte nach oben zur Terrassentür, um nach den Kindern zu lauschen. Sie hörte nichts, sie lauschte weiter, es tat gut, dieses Lauschen, diese Gewissheit, dass da jemand war, der irgendwann nach ihr rief.

Niemand rief nach dem Nasenmann.

Was im Kühlschrank war, warf sie in den Abfallsack, auch die ungeöffneten Joghurts und den eingeschweißten Käse. Sie mochte nicht essen, was der Nasenmann nicht mehr essen konnte. Die angebrochene Weinflasche leerte sie aus, sie wusch die Pfanne mit den Essensresten, Eier wahrscheinlich, mit aufgewärmtem Reis. Sie leerte auch das Glas mit der Blume, es war eine braune Akelei, sie hatte noch nie so eine gesehen, und sie stellte sich vor, wie sich der Nasenmann danach gebückt hatte.

Wer hatte den hilflosen Nasenmann überhaupt gefunden? Der Briefträger? Ein Nasengeier? Ina verschloss das Haus und rannte über den Hof auf ihre Seite, die inzwischen hellwach war. Die dickkopfige Katze drehte sich nach ihr um, Luzi sah aus dem Fenster, die Hummeln dröhnten.

Ina schrieb ins Rätselheft, was ihr nach einem wilden Traum eingefallen war:

Ein T verbarrikadiert den Raum der Realität.

»Hochzeit«, sagte Luna auf Inas Frage, was sie heute machen wollten. »So ein Scheiß«, sagte Luzi. Und bevor Ina aufbegehrte, sagte er »Ich weiß.« Er kickte einen Plastikteller durch den Wohnraum und um die Möbel herum, und Ina beschloss, nicht nervös zu werden. Sie schickte die Kinder in die Scheune, damit sie weitersuchten nach dem versteckten Geld der alten Albina.

Ina trug zusammen, was zu waschen war. Die vom Kaminrauch angebräunten Vorhänge. Die noch vom letzten Jahr schmutzigen Kissenbezüge. Das blaue Tuch überm Sofa, das schön aussah, aber dauernd verrutschte. Unter dem Tuch hatten schon wieder Mäuse das Polster angeknabbert und ihre Kotkügelchen hinterlassen. Warum wollte Luna immer so gerne Hochzeit spielen? Ina hatte ihr dazu mal ein Stück Schleier und eine alte Spitzenbluse geschenkt. Die Bluse reichte Luna bis zu den Zehen, die aussahen wie geschälte Haselnüsschen. Ina hatte den Standesbeamten gespielt. Wollen Sie, Luna, diesen Luzimann heiraten? Ja!, schrie Luna. Nein!, schrie Luzi. Plötzlich fiel Ina ein, woran sie jahrelang nie mehr gedacht hatte: Mattis Blick auf die Uhr während der Hochzeit. Bevor sie die Ringe tauschten, hatte Matti die Manschette leicht zurückgeschoben und auf die Uhr geschaut. Er hat mich nie so gewollt wie ich ihn, dachte sie. Die Hochzeit war ihm lästig. Oder warum schaut einer während der Hochzeit auf die Uhr? Vielleicht hätte er lieber Nein!, geschrien wie Luzi. Aber Judith war unterwegs, und Judith wollte er haben. So war das, dachte Ina, als sie die Wäsche in die Maschine stopfte, das sollte mir endlich klar sein.

Als Ina in die Scheune spähte, verschluckte sie gleich, was sie hatte rufen wollen. In Andacht blieb sie stehen. Der Lichtstrahl fiel geradezu sakral durchs Dach. Mitten im Strahl stand Luzi auf der Bockleiter und streckte beide Arme aus. Wenn er sie bewegte, tanzte der Staub. Luna saß unter der Leiter, mit einem Tuch bedeckt, und rührte sich nicht. Zu hören war ein dunkles Surren mit plötzlichen Pausen, das mussten Wespen sein. Die Dunkelheit rund ums Licht war blau und schleierig. Es hätte nach Weihrauch riechen müssen, aber es roch nur nach alter Scheune. Als Ina die Hand hob, um sich etwas aus dem Gesicht zu wischen, blickte Luzi auf und sah sie. Sie ließ die Hand oben, um ihm kurz zuzuwinken, und ging. Vielleicht war der Zauber nun entzwei. Sie würde nicht fragen, was für ein Zauber es gewesen war.

Sie waren zu früh im Municipio, und als der dicke Beamte endlich schlurfenden Schrittes kam, merkte Ina, dass ihr die vorbereiteten italienischen Sätze entglitten. Doch der Dicke gab in wunderbarstem weichem Deutsch Auskunft. Nein, von der Verwandtschaft Signor Cavattis sei ihm nichts bekannt. Ja, in Castagneto sei jemand eingezogen. Signor Ombrosi aus den Vereinigten Staaten. Ja, verwandt mit dem alten Colonello Ombrosi, ein Urenkel schätzungsweise. Luzi und Luna bekamen beide einen Sticker mit dem Dorfwappen geschenkt. Der Dicke schien sich zu wundern über Inas überschwänglichen Dank, er konnte nicht wissen, was für eine Angst von ihr abgefallen war. Draußen klebte sich Luzi das Wappen an die Stirn.

»Was stinkt so?«, sagte er beim Heimfahren. Es war Nasenmanns Abfallsack. Ina hatte ihn im Kofferraum versorgt, damit die Kinder nicht auf die Idee kamen, ihn aufzuschneiden wie den Staubsaugersack.

»Es stinkt, aber man sieht es nicht. Was ist das?«, fragte Luzi. »Eigenlob«, sagte Ina. »Nein«, sagte Luzi, »es fängt mit F an.«

Matti hatte immer einen Strohhut aufgesetzt, wenn er sich nach Castagneto aufmachte. Er wusste, wie gut er damit aussah, das helle Haar unter dem hellen Stroh, der Hutschatten über den hellen Augen. Luna hatte Mattis helles Haar, ein Geschenk aus dem Jenseits, dachte Ina. Du dort, Matti, im Alles und Nichts, du dort, Matti, wenn du uns sähest, kämest du mit hinauf nach Castagneto, an diesem silbrigen Morgen? Nähmest du die Kinder an der Hand? Hättest du uns gern, du dort, Matti?

Luzi hatte auf Inas Frage »Was wollen wir morgen machen?« das rosarote Haus und den unheimlichen Mann erwähnt. Er nehme dann eine Waffe mit. Und so waren sie einmal mehr unterwegs nach Castagneto, Ina ging beschwingt, weil da oben kein Toter und kein Einbrecher war, sondern ein junger Mann namens Ombrosi, den sie begrüßen wollte. Bei den drei Kastanien zog Luzi seine Waffe aus der Hosentasche, es war ein alter Meißel, den er in der Scheune gefunden hatte. »Ein Dolch«, sagte er und rammte den Meißel so heftig in den Boden, dass Luna einen Schrei ausstieß. Würdest du für die Kinder etwas singen, wie früher, würdest du, Matti, du dort?

Wie war das, wenn man niemanden hatte, ob lebendig oder tot, an den man denken konnte? Was machte der Nasenmann, wenn ihm danach war, das Herz aufzuwühlen? Wen holte er in Gedanken herbei, wenn er die Mähmaschine, das Moped, das Kellerfenster flickte, das Gras, die Reben, die Fingernägel schnitt, die *Gazzetta*, die Rechnungen, die Grabsteine las. Und für wen bückte er sich nach einer braunen Akelei.

Es gab keine Glocke in Castagneto. Ina klopfte mit der Faust an die blassblaue Tür. Luzi und Luna warteten mit hochgereckten Köpfen. Ina sah, dass Luzi die Hand in der Hosentasche mit dem Meißel hatte. Nichts zu hören. Freie Sekunden, um zu Mut ein Rätsel zu machen:

Wer ihn sinken lässt, tuts nicht mit Absicht.

Ina klopfte noch einmal.

»*Yes*?« Jemand stand an der Hausecke. Es war nicht der Flachshaarige.

»Signor Ombrosi?«, fragte Ina.

»*No, I am Bill.*« Er stieß mit dem Fuß die Tür auf und rief einen Namen. Ina verstand nicht, was er rief. »Frag ihn, ob er die Vespa noch braucht«, sagte Luzi. Dann hörte man herbeieilende Schritte, und der Flachshaarige stand vor ihnen. Er sah aufgeschreckt aus. Ina stellte sich vor. Sie sagte, sie habe wahrscheinlich seine Eltern gekannt, Mauro und Riccarda, sie wohne da unten in Casta, das seien ihre Enkelkinder – Nepoti? Nipoti? –, sie habe einfach mal Guten Tag sagen wollen. Als ihr nichts mehr einfiel, blieb es still. »Frag ihn, ob er die Vespa noch braucht«, sagte Luzi. »*Swiss German?*«, fragte der Flachshaarige und lachte. Ina fing nochmals von vorne an: »*I am Ina Strassner. I have known …*« – »*I am Dante*«, sagte der Flachshaarige. »*Come in.*«

Dante. War das ein Vorname? Ina wollte Luzi und Luna ins Haus führen, aber die waren bereits drin, in dieser großen, dunklen Küche. Plötzlich erinnerte sie sich, dass sie schon als Kind einmal hier gewesen war, wahrscheinlich mit Ukas und Mutter, ganz zu Anfang, als sie neu waren in Casta. Die Küche hatte gerochen wie jetzt, über dem Tisch hatte dieselbe blaue Lampe mit den grünen Perlenschnüren gehangen, und hinter dem Tisch hatte derselbe hochlehnige Stuhl mit den zwei geschnitzten, dumm dreinschauenden Löwenköpfen gestanden – der Stuhl des Colonellos. Auf den zeigte nun Dante und sagte »*Have a seat.*« Plötzlich saß eine Ratte auf dem Tisch. »*This is Bianca*«, sagte Bill. Dante schaute ihn lächelnd an. Wahrscheinlich sind sie schwul, dachte Ina. »Was sagt er?«, sagte Luna. Die Ratte heiße Bianca, sagte Ina, Bianca heiße weiß. Bill setzte die Ratte auf Lunas Schulter, und Luna erstarrte mit einem ungläubigen Lächeln.

Ja, seine Mutter, Riccarda, lebe noch, sagte Dante, sie sei wieder verheiratet, er habe zwei Halbschwestern. Und Mauro? Mauro sei tot. Ob er nicht Italienisch spreche, fragte Ina. Nicht gern, sagte Dante. Auf Mutters oder Mauros Italienisch habe er immer englisch geantwortet.

»Wir haben zuerst gedacht, das Haus stehe immer noch leer«, sagte Ina, »und darum sind wir …« Sie wollte sagen: ums Haus geschlichen, aber schleichen auf Englisch fiel ihr nicht ein. »Und Luzi wollte unbedingt die alte Vespa ausbuddeln.« Das könne er gerne machen, sagte Dante, jederzeit.

»Stell dir vor«, sagte Ina am Telefon zu Judith, »sie haben Luna die Ratte geschenkt. Und Bill hat mit Luzi die Vespa ausgebuddelt, die ist natürlich nur noch ein Rosthaufen, aber sie steht. Und nun machen sie einen Mann, der draufsitzt, aus Lumpen und Brettern, eine richtige Skulptur. Schon drei Mal waren wir oben, einmal haben sie gekocht. Wenn du kommst, laden wir sie zum Essen ein. Es sind sonderbare Typen, aber liebenswürdige.« »Eine Ratte?«, fragte Judith. »Und die sollen wir dann nach Hause nehmen? Ich weiß nicht, ob ich das will.«

Sie komme in drei Tagen, und was Jens plane, wisse sie nicht, hatte Judith gesagt. Das hieß: schlechtes Jens-Wetter. Ina seufzte, als sie den Hörer auflegte, und als Luzi sie fragend ansah, bückte sie sich und rieb sich das Knie. »Mein altes Knie«, sagte sie. »Du könntest mir mal ein neues basteln.« Luzi lachte nicht. »Ich will auch eine Ratte«, sagte er. »Die gehört euch beiden«, sagte Ina. »Aber Bill hat sie Luna geschenkt«, sagte Luzi. »Mir egal«, sagte Ina. »In diesem Haus bestimme ich. Und wenn ihr euch streitet, schneide ich die Ratte entzwei und gebe jedem ein Stück.« Nun lachte Luzi doch.

Schon beim Mittagessen wurde es dunkel, und es donnerte dumpf hinter den Hügeln. Ina saß auf der Terrasse und sah zu, wie der Wind in die Bäume fuhr, in die alten Bäume, die sich nicht mehr beugen konnten, ab und zu krachte Holz. Alle Himmelslichter waren gelöscht. Dann zischte der erste Blitz, und der Donner knallte so peitschend, dass Ina aufsprang. Die Kinder kamen gerannt. »Kommt«, sagte Ina, »wir gehen alle in mein Bett.«

Sie zogen die Decke bis zum Kinn und hörten durchs weit offene Fenster dem Gewitter zu. Ina spürte, wie Luzi zusammenzuckte, wenn es donnerte, Luna blieb ruhig. Das Gewitter hörte sich an, als fände es genau über dem Bett statt, als hätte Ina an der Lampenschnur der alten Albina gezogen und damit diese gewaltige elektrische Entladung ausgelöst. Still und angespannt lagen sie da, bis endlich der Regen rauschte und das Haus in einen tosenden Ozean spülte. Nun war es gemütlich. »Erzähl«, sagte Luzi, »von dem mit dem Pferd.«

»Der mit dem Pferd«, sagte Ina, »hieß Michelangelo Armoni und hat vor mehr als zweihundert Jahren in diesem Haus gewohnt. Damals gab es in Frankreich einen Kaiser namens Napoleon, der zog gegen Russland in den Krieg. In seiner Armee waren auch neuntausend Schweizer Soldaten, die verdienten so ihr Geld, auch Michelangelo Armoni. Aber der Kaiser verlor diesen Krieg, die Armee musste umkehren, die Soldaten hatten nichts mehr zu essen, und viele erfroren jämmerlich, es war ein bissiger Winter.«

»Jetzt kommt das mit dem Pferd«, sagte Luzi.

Ina lauschte. Etwas war anders als noch gerade eben.

»Michelangelo Armoni tötete sein Pferd und schlitzte ihm den Bauch auf. Er kroch in den warmen Bauch, und darum erfror er nicht.«

Jetzt wusste sie, was anders war – das Regenrauschen war weg. Und der Donner kam wieder näher.

»Aber ein Fuß passte nicht mehr ins Pferd. Und der erfror. Und weil Michelangelo Armoni so tapfer gekämpft hatte, bekam er später vom Kaiser eine goldene Medaille. Das war die Geschichte mit dem Pferd. Von den neuntausend Soldaten kamen nur ein paar Hundert zurück. Vor der letzten Schlacht, sagt man, haben sie noch ein trauriges Lied gesungen.«

»Sing es«, sagte Luzi.

Und so setzte Ina zum Beresinalied an, zu tief, setzte nochmals an und erschrak über ihre brüchige Stimme. »Unser Leben gleicht der Reise«, sang sie, »eines Wanderers in der Nacht.« Sie sang die ganze Strophe, und dann fiel ihr noch eine zweite ein.

Als der Donner erneut direkt über der Lampenschnur krachte, zog Ina die Decke über die Köpfe. Und unter der Decke sagte Luzi »Sings noch mal.«

III

Judith rennt

Luzi murmelte im Schlaf, dann lachte er. Judith legte sich vorsichtig neben ihn, er rührte sich nicht. Sie würde hier bei den Kindern schlafen, nicht im Zimmer unterm Dach, wo Ina das Doppelbett mit lavendelblauer Bettwäsche bezogen und den Boden mit Lavendelblüten bestreut hatte. Zu ehebettig war das, ein Schachzug von Ina. Harmonisch sollte alles sein, wenn Jens kam, in drei Tagen, aber Judith würde sich wehren gegen die Harmonie, die Ina wortlos verschrieb.

Draußen kam ein Wind auf. Die schwarzgrüne Nacht im Fensterrahmen schien manchmal leicht zu schwappen, als tauche gleich der dunkle Umriss eines Fisches auf. In früheren Sommern waren Rosenzweige über dieses Fenster gewuchert, und das Kind Judith hatte seiner Mutter verboten, die Zweige zu schneiden. Im letzten Winter war die Rose erfroren.

Einschlafen ging und ging nicht.

Gestern waren sie gleich nach Judiths Ankunft hinauf nach Castagneto gelaufen, Luzi wollte ihr die ausgebuddelte Vespa zeigen und den Mann aus Brettern und Lumpen, der jetzt auf der Vespa saß und noch keinen Namen hatte. Und während Ina für Dante und Bill Zwetschgen einkochte, hatte Dante Judith zum Zwetschgenbaum geführt, der wie ein alter Krüppel aussah und doch so reichlich Früchte fallen ließ, dass der Boden blau war. Judith hatte in Dantes Gesicht geblickt und dabei einen leichten Schwindel verspürt. Auch jetzt noch, im kühlen Dunkeln und weit weg von Zwetschgendunst und Wespensurren, konnte sie das Schwindelgefühl herbeirufen, auch Dantes Gesicht, obwohl sie ihn nur einmal, dort unterm Baum, richtig angeblickt hatte. Danach hatte sie sich nicht mehr getraut.

Wieder lachte Luzi im Traum. Das Glück, ein belustigtes Kind zu haben, trug Judith endlich hinein in den Schlaf.

Sie war als Erste auf. Langsam ging sie durchs Haus, vorbei an schlafenden Geistern in den Nischen und Mauerschatten, barfuß, leise, ohne die Erinnerungen aufzuschrecken. Alles war wie immer, roch wie immer. Am Türrahmen zum Wohnzimmer war immer noch der Hirschkäfer aufgespießt, seit mindestens fünf Jahren tot. Auf dem Fensterbrett fand sie ein Heft mit Inas Schrift:

Das Schwein hat eins, der Stein hat keins, und wers von hinten sieht, sieht Nebel.

Mal kommen sie und mal nicht und mal anders daher als bislang – und immer ist Er voran.

Nagt und fängt mit Sch an. Nein, die Schermaus ist es nicht.

Ratlos blickte Judith auf das Heft. Sie hatte das Gefühl, dass sie es nicht hätte sehen sollen. Was sollten diese wirren Sätze? Wurde Ina langsam eigenartig? Wie Inas Mutter, die Malerin, die ihre Füße bemalt hatte? Judith wollte keine solche Mutter. Sie wollte die Ina, die alles im Griff hatte. Oder dies zumindest vorgab.

Die Aussage, sie fange keinesfalls mit L an, ist bereits eine.

Ein T verbarrikadiert den Raum der Realität.

Wer ihn sinken lässt, tuts nicht mit Absicht.

Was sollte das?

Sie ging hinaus durchs nachtfeuchte Gras und kratzte in der fauligen Rinde der Weide, damit sich ein Hirschkäfer zeigte. Wenn Jens kam, mussten sie die Wiese mähen, das Gras war fast schon schulterhoch.

Dieser Dante. Wenn sie an ihn dachte, fühlte sie sich anders an. Weicher, wärmer.

Im Fenster stand jemand und winkte. Luna war wach. Der Tag musste angegangen werden.

»Heute backen wir Brot«, sagte Ina. Sie sagte es nicht, sie sprach es. »Amen«, sagte Judith, »lass mich dein Gehülfe sein.« Ina rührte den Teig an, und Judith sah auf die dick geäderten kräftigen Hände und braun gebrannten Arme. Das war die Ina, die alles im Griff hatte. Luna half kneten. Sie waren alle drei voller Mehl, als plötzlich Luzi fahlweiß unter der Tür stand. »Was ist?«, fragte Judith. Luzi zeigte nach unten. Unterhalb des Knies klaffte das Fleisch. Kaum Blut, aber der Riss war so tief, dass die helle Speckschicht zu sehen war, und Judith wunderte sich, dass es in Luzis dünnem Bein Speck gab. Er sei über den Liegestuhl gefallen, über diese Schraube, an der man das Fußteil einhänge. Wie korrekt er das sagt, dachte Judith, und weint nicht mal. »Notfall«, sagte Ina. »*Ospedale*. Kommt.« Weil sie voller Teig war, rieb sie ihre Hände über der Schüssel, was aussah, als ob sie sich freute.

Ina fuhr, Judith saß zwischen Luzi und Luna auf dem Rücksitz. Weil Judiths Nase voller Mehl war, fing Luzi an zu lachen, und dann kippte das Lachen in ein Schluchzen, und daraus wurde ein langes leises Weinen, und Ina fuhr immer schneller. Unten im Tal blieben sie im Morgenverkehr stecken, Luzi hatte die Augen zu, Luna sagte »Mir ist schlecht.« Als sie endlich die Einfahrt »*emergenza*« im Ospedale Santa Croce gefunden hatten, erbrach sich Luna über Judiths Tasche. »Ich suche einen Parkplatz und schaue kurz beim Nasenmann vorbei«, sagte Ina, »willst du mitkommen, Luna?« Luna wollte nicht, was Judith ein bisschen freute.

Auf der Rückfahrt saß Judith am Steuer, und Ina hielt Luzis Bein auf dem Schoß und sang auf seinen Wunsch das Beresinalied. Als sie es zweimal gesungen hatte, sagte Judith »Das reicht«, und Luzi fragte »Warum?« – »Es ist Kitsch«, sagte Judith, und natürlich wollte Luzi wissen, was Kitsch sei. Sie suchte eine Erklärung und gab auf, als sie merkte, dass es auf dem Rücksitz ruhig blieb. Alle waren müde. Ina hatte erzählt, der Nasenmann sei nicht ansprechbar, er werde durch eine Sonde ernährt, und trotzdem liege ein Apfel auf seinem Nachttisch, und seine Nase sei nicht mehr rot, sondern bleich und sehe darum nicht mehr wie eine Beere, sondern wie ein knolliger Pilz aus, und der Mann im Nachbarbett stöhne regelmäßig, so wie eine Maschine, die nicht mehr rundlaufe, und Nasenmanns Fingernägel seien so lang wie Krallen, und sie hätte sie geschnitten, wenn sie eine Schere dabeigehabt hätte. Das glaubte Judith nicht, aber sie ließ Ina reden. Hauptsache, sie hielt und streichelte Luzis Bein.

Zu Hause lagen noch die Teigstücke auf dem Tisch, sie waren inzwischen unförmig aufgegangen, sahen aus wie bleiche Tiere, die sich aufgeblasen hatten, um sich jetzt gleich davonzumachen. Luzi quengelte, weil er mit seiner verbundenen Wunde nicht in die staubige Scheune durfte, und Brot machen wollte er auch nicht. Judith spielte mit ihm die Spiele, die sie in der Kommode fanden und bei denen seit Jahren irgendeine Figur oder Karte fehlte oder kaputt war. Man kann noch damit spielen, dachte Judith, so wie man noch leben kann mit Situationen, die nicht mehr in Ordnung sind.

»Was machen wir mit all dem Brot?«, fragte Judith, als Ina gegen Abend sechs Laibe zum Auskühlen auf den Steintisch trug. Ina gab zu, sich verrechnet zu haben. »Ich bringe zwei nach Castagneto«, sagte Judith, »jetzt gleich.« Ina solle sich ausruhen, die Kinder seien beschäftigt, sie spielten Krankenhaus. Mit den warmen Broten im Rucksack lief sie los, und bald spürte sie, wie ihr Schweiß über die Brust rieselte, die Sonne brannte noch, obwohl sie tief stand. Sie ging langsamer, zog den Sonnenhut vom Kopf und fächelte sich damit Luft an die heißen Ohren. Auf der Höhe der drei Kastanienbäume hörte sie einen Automotor. War das Ina, die ihr nachfuhr? Sie stellte sich in den Schatten der Bäume und horchte. Das Auto rumpelte dröhnend die holprige

Straße hoch. Es war nicht Ina. Es war Dantes Lieferwagen, und er blieb vor Judith stehen. Dante stieß die Tür auf und schwang seine Beine ins Freie wie eine Ladung, die hier abzuliefern war. »Hi.« Judith sah ihn an, und sofort war der angenehme Schwindel wieder da, sie setzte den Hut auf und hielt sich die Hände ans Gesicht. Bestimmt bin ich rot, dachte sie, ich glühe. Das Brot auf ihrem Rücken war immer noch warm. »Ich wollte euch Brot bringen«, sagte sie und streifte den Rucksack von den Schultern. Dante fing ihn auf, umfasste ihn mit beiden Armen und roch daran. Dann beugte er sich zu Judiths Mund. Als er sie küsste, rutschte der Rucksack zwischen ihren Körpern zu Boden.

In der Nacht fing es an zu regnen. Judith lag im Bett unterm Dach und wartete auf den Schlaf. Es war ein stiller feiner Regen, nur zu hören, wenn man lauschte, so nieselte zu Hause Judiths Computer. Sie dachte an Jens, der bald neben ihr in diesem Bett sein würde, in diesem Lavendelbett, in dem sie ganz außen an der Kante lag, um Jens' Seite nicht zu berühren. Immer noch sagte er Schätzle, sie konnte dieses »le« nicht mehr hören, sie konnte nicht verstehen, dass ihr dieses »le« einmal so gut gefallen hatte, vor acht, nein, neun Jahren. Und sie wusste nicht mehr, wie ein Kuss damals gewesen war. Ob sie auch dieses Rauschen gespürt hatte und diese dunkle bittere Süße wie heute?

Ein Kuss von Jens, das war nun eher wie Lippengymnastik, nicht unangenehm, das nicht.

Inas Brot schmeckte den Kindern nicht, sie wollten lieber die Toastbrotschnitten aus dem Laden zum Frühstück, Ina lachte, aber das Lachen war nicht ganz echt. Judith sagte, sie habe sich vorgenommen, jeden Morgen eine Stunde zu laufen. »Ja, geh nur, ich passe auf deine schrecklichen Kinder auf«, sagte Ina und lachte, wieder nicht ganz echt.

Immer noch fiel Regen, fein wie aus dem Zerstäuber, ich laufe ihm nach, dachte Judith, als sie den Weg hochrannte, ich laufe ihm nach, das macht man nicht. Bis zu den drei Kastanien waren es neun Minuten, rennend, dann vier Minuten bis zur Kurve durch den Wald, danach konnte man Castagneto sehen, noch drei Minuten bis zur blauen Tür. Sie war zu. Judith war nass. Sie getraute sich nicht zu klopfen. Da drin wurde bestimmt noch geschlafen, bis in die späten Morgenstunden. Geschah ihr recht, was lief sie ihm nach. Wollte sie etwa unter seine Decke kriechen, sich in seine Arme legen? In seine warmen Arme? Ja, das wars, was sie wollte. Und das wars, was nicht ging. Von der Welt der Morgenschläfer war sie schon längst ausgeschlossen. Für den Rückweg brauchte sie weniger als sechzehn Minuten.

»Peter kommt!«, sagte Ina. »Morgen.« Sie stand unter der Tür und streckte prüfend die Hand in den Nieselregen. Wenn Peter kam, durfte es nicht regnen. »Er bringt jemanden mit«, sagte Ina. »Sie heißt Salome.« – »Salami«, sagte Luzi, der auf dem Sofa lag und zerfledderte Mickymaus-Hefte anschaute. Immer freut man sich, wenn Peter kommt, immer war das so, dachte Judith, er brummelt was, er tut nichts, er steht im Weg herum, und alle freuen sich. Wie macht er das bloß? »Freust du dich?«, fragte Luna. »Ja«, sagte Judith, »ist doch mein kleiner Bruder, der Peter.« Aber wie konnte sie sich morgen davonstehlen, wenn das Haus voller Leute war, wie konnte sie sich davonmachen zu dieser Tür, hinter der Dante war?

Sie fuhr mit Luzi ins Dorf zum Einkaufen. Ina wollte schon heute zu kochen anfangen. Morgen Mittag würden sie da sein, Peter und diese Salome. Und Jens. »Genug Wein, hörst du«, hatte Ina gesagt, »und nimm einen guten.« Luzi war bleich. »Tut das Bein noch weh?«, fragte Judith, aber noch bevor er antwortete, dachte sie wieder an die blaue Tür.

In der schmalen Dorfstraße standen die Häuser so dicht, als hielten sie einander fest. Zum ersten Mal sah Judith, dass eines der Häuser eine Kirche war, die Pforte, sonst immer geschlossen, war diesmal offen, ein Putzeimer stand davor. Sie nahm Luzi bei der Hand, als sie eintrat. In der Kirche war niemand, die Fliesen beim Eingang waren nass geputzt, sie waren uneben, die hinterste Bank wackelte, als Judith sich setzte. Auch die vorderen Bänke wackelten, als Luzi von einer Reihe zur nächsten ging, um alle kurz zu benutzen. Die Wände wirkten schief, die Kanten waren rund, wohl vielfach übergipst oder übermalt. In einer Ecke stand ein alter Beichtstuhl, der war so klein, dass Leute von heute nicht mehr hineinpassten, und vorne der Altar mit den weißen Tüchern sah aus wie ein nie benutztes Bett, dahinter saß eine Maria aus Gips, in den Armen den toten Jesus, dem Jesus fehlte ein Fuß. Wofür soll ich beten, dachte Judith, dass gelingt, was ich will, oder dass gelingt, was ich soll? Luzi brachte ein Gesangbuch und fragte »Kannst du das?« Judith schüttelte den Kopf und schlug vor, *O Tannenbaum* zu singen, das mochte Luzi immer, weil sie zu seiner ersten Stimme die zweite sang. Sie sangen dreimal die erste Strophe, es war sehr feierlich, Luzi blieb still neben Judith sitzen, dann stieß jemand an den Putzkessel, Judith drehte den Kopf. Dante! Das war wie ein Stoß Weihrauch, ihr wurde ein bisschen übel, und dann fingen die schiefen weißen Wände an zu swingen. Dante stellte die Einkaufstaschen auf den Boden und setzte sich neben Luzi, und hinter Luzis Kopf fand seine Hand den Weg auf Judiths Schulter und blieb da, das ganze wilde Schweigen lang. Dann war ein Geräusch zu hören wie Schreibmaschinentasten, das waren Hundekrallen auf den Bodenfliesen, der Hund lief auf den Altar zu und drehte auf halbem Weg wieder um und verschwand ins Freie. Sie lachten alle drei.

Hätte Ina damals nicht darauf bestanden, dass Judith wie geplant für ein halbes Jahr aufs College in Seattle ging, dann hätte sie jetzt nicht verstehen können, was Dante flüsternd sagte auf der wackligen Bank. Es hätte sie nicht mit dieser fiebrigen Freude erfüllt. Judith hatte nicht nach Seattle gehen wollen, weil Jens nicht wollte, dass sie ging. Aber Ina hatte darauf bestanden, sie hatte Judith sozusagen fortgejagt, hatte sie weinend zum Flughafen gebracht.

»*I'd like to eat your halo*«, sagte Dante. Ich möchte deinen Heiligenschein essen.

Judith erzählte Ina von der Kirche und wie sie und Luzi gesungen hatten. »Du hattest Glück«, sagte Ina, »sie machen die kleine Kirche eigentlich nie auf, sie ist ihnen zu schäbig. Wer fromm ist, geht in die Große.« Ina war schwarz im Gesicht, sie hatte draußen die Feuerstelle geputzt, alles wegen Peter. »Isst denn Peter wieder Fleisch?«, fragte Judith. Nein, sie wolle Gemüse grillen, sagte Ina, das schmecke auch, und gesund sei es auch. Dass Dante in der Kirche gewesen war, hatte Judith nicht gesagt, auch nicht, dass Dante immer mit ihr laufen wolle, dass er zumindest um sieben Uhr vor der blauen Tür auf sie warte. »Was redet ihr die ganze Zeit?«, hatte Luzi gefragt, als sie zu dritt von der Kirche zum Parkplatz gegangen waren. Und Judith schämte sich, als hätte sie Luzi angelogen.

Noch einen Tag, dann war Jens da.

Vielleicht könne man Nasenmanns Hausteil kaufen, hatte Ina gesagt, Jens und Peter sollten ihn morgen besichtigen. Ob Judith bitte schon mal rübergehe und die Läden aufmache. Und der Nasenmann ist noch nicht mal tot, dachte Judith. Sie erschrak kurz, als sie an dessen Tür trat und eine Schlange zwischen den Blumentöpfen verschwinden sah. Die Schlange war lang, also keine Viper, sie war länger als Judiths Schreck. Im Haus roch es nach nichts. Als sie die Läden aufstieß und das Mittagslicht hereinließ, schien auch der Umriss des Nasenmanns aus dem Dunkel zu treten, um sich gleich wieder aufzulösen. Sie setzte sich an den Küchentisch, blies die toten Fliegen über die Kante, und lauschte. Durch Mauern gedämpft, hörte sie Lunas Kreischen, wahrscheinlich spritzte Luzi mit dem Schlauch. Vor zwanzig Jahren hatte Peter gespritzt, und sie hatte gekreischt, und Nasenmanns Hirn hatte noch fit und forsch unterm Schädel herumgewirkt. Was sollen wir mit dem Haus?, dachte Judith und sah durch die Scheibe, dass etwas im Backofen war. Ina will immer alles bewahren, jeder Fleck ist heilig, wo Ehemann Matti mal hingelangt hat oder Sohn Peter mal umgefallen ist. In der Kommode liegen sogar noch Scherenschnitte, die ich mit der Kinderschere gemacht habe. Und jetzt, wo der Nasenmann geht, hat sie Angst, dass da etwas Neues kommt, dass jemand die Fassade streicht und die Zufahrt teert und die Vergangenheit abreißt. Also soll am besten Nasenmanns Geist gekauft und konserviert werden. Sie öffnete die Backofentür und zog eine verschrumpelte Pizza heraus.

Dass Ina alles bewahren wollte, die vielen Jahre ihres Lebens mit Matti haltbar machen wollte, das musste bedeuten, dass dieses Leben ein perfektes gewesen war. Was Ina in ihren Vergangenheitsgläsern eingeweckt hatte, musste makelloses Erinnerungsgut sein, angefaulte Stücke darin konnten alles verderben. Sie macht sich was vor, dachte Judith. Schon immer hat sie Tatsachen in Tatsächelchen zerlegt, hat jedes Weh gleich weggejagt, von sich weg und von uns weg. Vielleicht hält sie das durch, bis sie stirbt.

Immer noch hörte man Luna kreischen. Ich muss zurück, dachte Judith. Sie stieg in den oberen Stock, machte auch dort die Läden auf. Morgen um halb sieben wollte sie loslaufen, sich leise aus dem Haus drücken und loslaufen zu Dante. Sie nahm sich vor, Ina zu fragen, ob sie Matti mal betrogen hatte.

Als Judith erwachte, war es erst sechs. Zu früh für Dante. Sie stand leise auf, ging ins Kinderzimmer und blieb zwischen den beiden Betten stehen. Eines war leer. Luna lag bei Luzi. Sie lag ganz an der Wand, musste über Luzi hinweggestiegen sein, vielleicht als er schon schlief. Wenn sie ernst war, wie jetzt, glich sie Jens, hatte seinen schönen, meist halb offenen Mund, die lila Schatten im inneren Augenwinkel. Nur das Haar war viel heller, Mattis Haar, sagte Ina. Und wem glich Luzi? Luzi war Luzi. Was für lange Beine er schon hatte. Das mit dem Verband sah besonders lang aus. Meine Kinder, dachte Judith. Sie ging nach unten und schaute nach, ob Ina wieder etwas Seltsames in ihr Heft geschrieben hatte. Es lag nicht mehr auf dem Fensterbrett, Judith fand es auf dem Kaminsims.

Es ist meins und wird mir lebenslänglich nicht gehören. Was ist das?

Eigenartiges ging vor in Inas Kopf. War irgendeine Winzigkeit gerissen?

Draußen saß die Katze und starrte Judith an. Judith starrte zurück. Die Katze erhob sich würdevoll und ging durchs hohe Gras davon. Judith sah der Schwanzspitze nach, bis sich keine Halme mehr bewegten. Halb sieben, Zeit, die Turnschuhe anzuziehen.

Keine Spur mehr vom Regen gestern. Der Himmel war beinahe rosa, ein aufgespannter Damenschirm, bedruckt mit weißen Wölkchen. Bei den drei Kastanien hörte Judith mit Rennen auf und zwang sich, langsam zu gehen. Sie wollte nicht zu früh sein, Dante sollte schon vor der Tür stehen, wenn sie kam. So hatte sie es sich ausgemalt.

Ein großer Vogel, wahrscheinlich ein Bussard, flog so nah über sie hinweg, dass sie sein Fliegen hörte. Es war wie eine Warnung. Als sie zu der Stelle kam, wo Luna ihr vom toten Maulwurf erzählt hatte, blieb sie stehen, um an die Kinder zu denken, die jetzt nebeneinanderlagen und schliefen und nicht wussten, was ihre Mutter vorhatte. Luzi hatte gefragt, warum der Maulwurf so heiße, und Judith hatte es nicht gewusst. Von Weitem sah sie, dass die blaue Tür in Castagneto offen war. Dante saß auf der Schwelle.

»Jens hat angerufen«, sagte Ina, und als Judith fragte »Was will er?«, schaute Ina Judith ins Gesicht und sagte »Wie siehst du denn aus? Du übertreibst.« – »Womit?« – »Mit dieser Lauferei.«

Jens komme erst spät, er gehe noch zum Arzt, er habe Blut im Stuhl. Judith erschrak, und Ina merkte es. »Hämorrhoiden«, sagte Judith rasch. »Jens hypochondert mal wieder.« Wieder schaute Ina Judith ins Gesicht.

Unter der Dusche ließ Judith das heiße Wasser über Kopf und Schultern strömen. Sie stand bewegungslos mit geschlossenen Augen und versuchte, Dantes Finger wieder zu spüren, Dantes Haut, Dantes Mund, und die Erregung in Dantes verdunkeltem Zimmer, nachdem er die Tür leise geschlossen und ihr Handgelenk gepackt hatte, als könnte sie ihm noch entwischen. Sie ließ das heiße Wasser über sich strömen und spürte die Kühle von Dantes Betttuch und ihr Zittern unter Dantes Kraft und spürte seinen sanften Daumen über ihre Brauen streichen. Dann rief Ina »Frühstück.«

Luzi und Luna warfen einander Brotscheiben zu, Judith wunderte sich, dass Ina deswegen lachte. »Wer schreibt mal wieder ins Ferienheft?«, fragte Ina, und das war so gefragt, dass Judith sagen musste »Ich.« Sie setzte sich mit dem Heft nach draußen an den Steintisch und wusste nicht, wie sie anfangen sollte. Stattdessen kratzte sie mit dem Stift Dreckpartikelchen von der Tischplatte. »Luna, komm!«, rief sie. »Sag mir, was du schreiben würdest.«

Luzi war im Krankenhaus, er hat einen Riss im Bein vom Liegestuhl, da wo eine Schraube herausschaut. Ich habe eine Ratte bekommen von Bill und von Dante, sie gehört auch Luzi, aber ich habe sie bekommen, sie heißt Bianca. Wenn die Katze kommt, versteckt sie sich. Ich habe vor Katzen keine Angst. Und wenn es donnert, habe ich auch keine Angst. Heute kommt Jens. Jens ist mein Vater.

»Das wissen wir doch alle«, sagte Judith. »Aber das Heft hat es noch nicht gewusst.« – »Stimmt, erzähl weiter.«

Als wir von der Schlucht nach Hause kamen, war ein Krankenauto da, sie haben den Nasenmann abgeholt. Er ist noch nicht tot. In der Schlucht haben wir eine Schlange gesehen.

Luna wartete immer ab, bis Judith einen Punkt machte, dann sprach sie weiter.

Wir haben mit Judith an der Burg weitergebaut. Es ist eine Räuberburg. Judith ist meine Mutter.

»Noch etwas?«, fragte Judith.

Ich habe im Auto erbrochen.

»Sehr gut«, sagte Judith. »Jetzt unterschreib noch, bitte.« Luna schrieb und krümmte währenddessen die Zehen nach innen.

Ina band einen Nylonstrumpf um Luzis Verband, damit der beim Spiel in der Scheune nicht schmutzig wurde. »Woher hast du den Strumpf?«, fragte Judith. Ina hatte eine Sicherheitsnadel zwischen den Lippen und zeigte stumm nach oben zu ihrem Schlafzimmer. Der Strumpf musste noch von Großmutter sein. Warum warf Ina das Zeug nicht weg? Auch Kleider von Matti waren noch in Inas Schrank. Wie konnte sie in einem Zimmer mit solchen Geisterklamotten schlafen? »Hast du auch noch einen Strumpfhalter?«, fragte Judith. Ina schüttelte den Kopf. Dann nahm sie die Sicherheitsnadel aus dem Mund und sagte »Gegenstände überleben uns. Aus toter Materie müsste man sein.« Jetzt spricht sie schon so rätselhaft, wie sie in ihr Heft schreibt, dachte Judith. »Ich habe nachgerechnet«, sagte Ina, »wenn Dante siebenundzwanzig ist, wie du sagst, dann muss seine Mutter schon schwanger gewesen sein, als sie von Castagneto wegzogen. Nicht leicht für Riccarda, in der Fremde gleich ein Kind zu bekommen.« Judith merkte, dass sie rot wurde. An Dante als Kind zu denken, machte sie verlegen. Sie ging nach draußen und sah den Kindern nach, die in die Scheune liefen, und hörte, wie Luna sagte »Wollen wir Ein-Kind-Bekommen spielen?«

Peter kam, als Ina und Judith bei den Kindern in der Scheune saßen und in deren Lumpenburg picknickten. Sie hörten das Auto im Hof vorfahren und spähten durch die Ritzen der Brettertür. »Er hat abgenommen«, flüsterte Ina, als Peter ausstieg. Als die Frau ausstieg, blieben sie stumm, so lang waren ihre Beine, so geschmeidig wand sie sich heraus, so schön war sie, Peters Freundin. Ina klopfte sich den Scheunenstaub aus den Kleidern.

Judith fiel ein, wie sie in Peters Zimmer geplatzt war, frühmorgens, als er zum ersten Mal eine Freundin mit nach Hause gebracht hatte. Zuerst hatte sie gar nicht gemerkt, dass da noch jemand im Bett lag. Erst als Peter nicht ungehalten und verschlafen reagierte, sondern sich ausgesprochen höflich aufsetzte, hatte sie den blonden Zopf und den nackten Arm gesehen. Damals hatte Matti noch gelebt. Er hatte Peters Freundin am Frühstückstisch so selbstverständlich begrüßt, als käme sie seit Jahren aus Peters Zimmer. »Schöner Zopf«, sagte er. »Frühstückszopf.« Die Frau, die nun aus Peters Auto gestiegen war, beugte sich vornüber, und ihr glattes langes Haar fiel ihr seidig vors Gesicht. Sie schüttelte es aus und warf es zurück. Judith glaubte zu merken, wie Ina, Luna und Luzi das besonders schön fanden. Sie spähten alle durch eine eigene Bretterritze.

Als Luna sich an Luzis Bretterritze drängte, gab es ein hörbares Gerangel, und Peter drehte den Kopf und blickte zur Scheune. »Kommt«, sagte Ina, und Judith dachte, jetzt wird es peinlich. Wie sollten sie Peter erklären, dass sie so lange hinter der Scheunentür geblieben waren, statt gleich hinauszurennen, als er vorfuhr? Aber Ina lief zu Peter, als hätte sie ihn gerade eben erblickt, und während sie ihn umarmte, ging Judith auf Salome zu und warf ihr ein vorsichtiges Lächeln entgegen. Salome fing es vollendet in den Mundwinkeln auf. Die Kinder starrten Salome an, sie waren beide voller Scheunenstaub und mit Nutella verschmiert, und Inas Nylonstrumpf an Luzis Bein war gerutscht und hing wie Gallerte aus seinem Stiefel. »Hallo, ihr Schönen«, sagte Salome, und Judith wusste nicht, wie ernst das gemeint war.

Inas Stimme war außerhalb der Familie süßer und um eine Terz höher, das war schon immer so gewesen, Judith mochte diese Stimme nicht, sie ging ihr auf die Nerven. So hatte Ina mit Judiths Lehrern gesprochen, mit Peters Freundinnen, mit Mattis Büropartnern. So sprach sie mit Jens. Es war, als zöge sie über ihre nackte Stimme ein adrettes Kleid. »Warum tönst du anders, wenn du mit Jens redest?«, hatte Judith einmal gefragt, und Ina hatte nicht verstanden, was Judith damit meinte. Seit acht Jahren ist Jens mein Mann, dachte Judith, und immer noch zieht Ina ihrer Stimme was über, wenn sie mit ihm spricht, und wenn sie nur »Jens, magst du noch Suppe« sagt.

Seit acht Jahren ist Jens mein Mann. Seit acht Jahren ist Jens mein Mann. Was sollte sie tun, wenn er sich heute Abend neben sie legte und Schätzle sagte. Warum drehte sich die Welt weiter, während man betrog?

»Schönes Auto«, sagte Ina. »Es gehört Salome«, sagte Peter. Er war da, und alle freuten sich. Er lächelte ein bisschen schräg und stand ein bisschen gebeugt und kratzte sich am Kopf, und alle freuten sich. Er hob die Kinder hoch, sie mochten das. Er kämmte ihnen mit den Fingern durchs Haar, sie mochten das. Er stand da, und Ina strahlte. Es war wie immer.

Am Abend stürzte alles ein. Sie saßen am Steintisch, Peter holte neuen Wein, und dann sagte er unvermittelt »Ich habe Schulden wie noch nie«, und Salome streichelte seine Hand. »Ich habe alles verspielt«, sagte er, und Salome streichelte weiter. Judith sah, wie sich Inas Gesicht veränderte. Es schien langsam vom Schädel zu rutschen. Peter hingegen behielt sein schräges Lächeln, als er sagte, er habe seit Jahren gespielt, und er habe Salome im Casino kennengelernt, sie sei ein Phänomen. »Sie verliert nie«, sagte er, und Salome streichelte immer noch. »Jetzt seid ihr schockiert, was?« Zu früh für den hellen Himmel schwirrte gaukelnd eine Fledermaus vorbei und dann noch eine. Sie verschwanden vor dem Dunkel der Bäume. »Jetzt seid ihr schockiert, was?«, fragte Peter noch einmal und schenkte die Gläser voll. Hinter dem Bambus kreischten die Kinder.

Ina saß sehr aufrecht da. Sie tat Judith leid. Das schien Ina zu spüren, und sie bemerkte mit hastig aufgesetzter Munterkeit »Gut, dass du es gesagt hast.« Und dann, kaum hörbar, »warum erst jetzt?« Peter zog die Schultern hoch, wie immer, wenn er nachdachte. »In der Luft ruft man noch nicht um Hilfe«, sagte er. »Erst nach dem Aufprall.«

Luzi kam und fragte »Was macht ihr?«, und da merkte Judith, wie lange sie still am Tisch gesessen hatten.

Ina holte den Zitronenkuchen, den sie am Morgen gebacken hatte, »Peters Kuchen seit zwanzig Jahren«, hatte sie gesagt, »Peter ändert sich nicht.« Es wäre passend, dachte Judith, sie würde Peter den Kuchen an den Kopf werfen, aber Ina stellte den Kuchen sanft auf den Tisch und sagte »Möchtet ihr Teller dafür?« Als Peter sagte, vielleicht könne ihm Jens fürs Erste helfen, schüttelte Judith sofort den Kopf, nein, nicht Jens, lass Jens aus dem Spiel. Peter sah sie fragend an, aber Judith schwieg. Sie aßen den Kuchen, »mein Kuchen«, sagte Peter, dann brachte Judith die Kinder zu Bett. Was für ein Abend, dachte sie, und jetzt kommt dann Jens und sagt Schätzle. Als sie wieder an den Tisch trat, erzählte Peter gerade, er habe seine Wohnung aufgegeben und sei bei Salome eingezogen, aber er sei mit seiner Miete noch ein halbes Jahr im Rückstand. Ina stellte die Ellenbogen auf den Tisch und stützte den Kopf auf. »Keine Angst«, sagte Peter, »ich komme schon wieder hoch. Ich werde Ukas fragen.« – »Das kannst du nicht«, sagte Ina. »Ukas ist im Gefängnis.« Niemand rührte sich. Die Grillen waren laut. Als Ina anfing, von Ukas zu erzählen, war die Dunkelheit fast voll, aber Judith sah noch, wie Ina zum Sprechen die Augen schloss.

Als Jens kam, war nur noch Judith auf. Sie saß draußen im Dunkeln, hörte das Auto in den Hof fahren und sah Jens auf die Haustür zulaufen, rasch, leicht, ein wippender Schatten in der Schwärze, sie pfiff. Jens ließ seine

Tasche fallen und kam auf sie zu, und als er sie umarmte, sagte er nichts. »Arzt?«, sagte sie. Er müsse warten auf die Blutwerte. »Hunger?«, sagte sie. Er wisse es nicht. Judith ging ins Haus, holte Brot, Käse und Wein. Eine Kerze brachte sie nicht, damit er die Glühwürmchen sah. Jens wollte wissen, was für eine sie war, die Frau, die Peter mitgebracht hatte, und Judith dachte, ich erzähl ihm besser gleich alles. Sie hörte, wie er kaute. Das war neu, dass man sein Kauen hörte. Oder hörte man es, weil es dunkel war? Beim Reden machte sie Pausen und horchte, ob Jens immer noch hörbar kaute. Warum Peter dann, fragte Jens, wenn er pleite sei, so einen teuren Wagen fahre. Judith hatte nicht gemerkt, dass Salomes Auto teuer war. Es war einfach blau und mittelgroß. Aber Jens sah so was sofort, sogar nachts in einem unbeleuchteten Hof. »Es ist Salomes Auto«, sagte sie. »Hast du die Glühwürmchen gesehen?« – »Wo?«, sagte Jens.

Jens schien zu schlafen, als sich Judith am Morgen davonmachte. Sein Gesicht war in der Armbeuge vergraben, sie konnte es nicht sehen. Von der Tür blickte sie nochmals zum Bett. Er bewegte sich nicht. Dass er die Boxershorts mit dem Entenmuster trug, war für Judith eine Versuchung, gerührt zu sein. Luzi hatte die Shorts im Warenhaus ausgesucht. Sie zerdrückte die Versuchung beim Türeschließen.

Vor Peters Zimmer standen seine und Salomes Schuhe, als sollte der Hotelportier sie putzen. Inas Tür war offen, ihr Bett war leer. Sie saß unten am Tisch und sagte »Gehst du?« Das war ungewöhnlich für Ina. Sie sagte meistens keine unnützen Sätze. Sie machte sich lustig über Leute, die sagten »Schön heute« oder »So ist das Leben«. Sie saß am Tisch ohne Tasse vor sich. Dass sie sich nicht nach Jens erkundigt hatte, fiel Judith erst im Laufen ein. Wieder war sie zu früh, halb sieben erst, aber trotzdem rannte sie, als käme sie zu spät. Von Weitem sah sie, dass die blaue Tür weit offen war, das gab der Fassade etwas Erregtes, sie lief, ohne anzuhalten, durch die dunkle Öffnung ins Haus und die Treppe hoch zu Dantes Zimmer. Auch diese Tür war offen, und Dante lag mit ausgebreiteten Armen auf der Matratze, und sie legte sich auf ihn, Brust auf Brust, Arme auf Arme, wobei ihre Fingerspitzen bis zu seinen Handgelenken reichten, und so lagen sie still, bis ihr Atem so ruhig ging wie seiner.

Dantes Zimmer war schmal und hoch, die Fensteröffnung nach außen verengt wie eine Schießscharte. Als die Sonne durch diese Scharte schlug, messerscharf und plötzlich, sah Judith auf die Uhr, es war neun. Erschrocken setzte sie sich auf und suchte ihren Körper zusammen, sie war nichts als ein Häufchen geschmolzene Lust. Wie zog man dem ein Paar Turnschuhe an?

Auf dem Nachhauseweg nahm sie die Abkürzung, schlitterte zwischen den Bäumen bergab, schlug sich das Schienbein auf, und in ihren Kniekehlen hafteten noch Dantes Küsse.

Die anderen saßen beim Frühstück am Steintisch, in der vollen Sonne. Judith war froh, dass man sich durch die Sonnenbrillen nicht direkt in die Augen sah. Luna war auf Jens' Schoß, Jens war bleich. Luzi verteilte leere

Schneckenhäuser und verschwand wieder, um neue zu suchen. Man sprach von der Wasserqualität der oberitalienischen Seen. Keine Rede davon, dass Peter ein Spieler war, Inas Bruder im Gefängnis saß und Jens sich fürchtete vor seinen Blutwerten. Und ich, dachte Judith, ich habe Dantefieber. Sie fror. Wieder brachte Luzi Schneckenhäuser, er musste irgendwo einen Schneckenfriedhof gefunden haben. Die schönsten legte er Salome auf den leeren Teller. In der Küche sagte Ina zu Judith »Salome arbeitet in einem Escort Service«, und Judith sagte »Ach, das hast du bestimmt falsch verstanden.« Ich rede schon wie Ina, dachte Judith, immer schön beschwichtigen, immer einen Spachtel zur Hand, um alles schön glatt zu streichen. Ina schüttelte den Kopf. »Es macht Spaß, hat sie gesagt, und sie hat sehr anspruchsvolle Kunden, hat sie gesagt.« Inas Stimme klang gepresst, sie stand gebückt vor dem Kühlschrank und räumte die unterste Schublade um. Als sie wieder aufrecht stand, sagte sie mit ihrer alten Stimme »Jens hat mir einen Krimi gebracht. Ist das nicht nett?«

Ist das nicht nett? Ist das nicht nett?

Immer hatte Ina etwas nett gefunden: Judith geht schon ganz allein in die Blockflötenstunde, ist das nicht nett? Judith will Ärztin werden, und Peter will ihr dann ein Krankenhaus bauen, ist das nicht nett? Judith hat sich freiwillig neben das unbeliebteste Mädchen gesetzt, ist das nicht nett? Peters Hefte sind im Schulhaus ausgestellt, ist das nicht nett?

Plötzlich verspürte Judith kein Mitleid mehr mit Ina, sondern nur eine wunderbar helle Schadenfreude.

Wenn er kommt, sieht man nicht mehr, dass er geht. Sein Werkzeug hängt in der Scheune.

Diesmal hatte Judith Inas Heft zwischen den Telefonbüchern gefunden. Wer war »er«? War Peter gemeint? Oder Jens? Aber das machte keinen Sinn. Judith überlegte, ob sie das Heft Peter zeigen sollte. Aber dann steckte sie es wieder zwischen die Telefonbücher. Zum ersten Mal fühlte sich Judith Peter gegenüber gehemmt. Es war, als stünde sein Geständnis von gestern Abend wie eine Glastür zwischen ihnen, und sie müsste erst anklopfen, bevor sie bei ihm eintrat.

Sie sah, wie Peter und Jens draußen miteinander sprachen. Eigentlich sprach nur Jens, und Peter nickte, nickte in einem fort. Jens beschrieb mit den Händen etwas Verwickeltes und deutete auf den Bauch. Wahrscheinlich ging es um seinen Arztbesuch. Gestern Abend im Bett, auf Judiths Frage, hatte er gesagt »Ich mag nicht davon reden.« Nun lachten beide. Vielleicht hatten sie doch nicht vom Blut im Stuhl geredet. Trotz des Lachens zögerte Judith, zu ihnen hinzugehen. Was, wenn ihr Jens das Fieber plötzlich ansah? Sie hatte noch nicht mal geduscht, seit sie bei Dante gewesen war. Sie konnte Dante immer noch spüren, wenn sie die Hände vors Gesicht hielt. »Was hast du?«, rief Peter. Rasch nahm sie die Hände von den Augen. »Nichts«, rief sie. »Was macht ihr?« Sie wollten Nasenmanns Haus anschauen, sagte Jens, wo der Schlüssel sei. Langsam ging Judith auf ihn zu. Jens ist mein Mann seit acht Jahren. Jens ist mein Mann seit acht Jahren. Die Sonne loderte, die Männer wirkten dunkel wie auf einem Negativ. Judith fror immer noch. Salome lag auf dem Liegestuhl, und Luna setzte ihr gerade die Ratte auf den Bauch. Es war der Stuhl mit der Schraube, an der sich Luzi das Bein aufgerissen hatte. Wo war eigentlich Luzi? Judith vermisste ihn plötzlich so heftig, als sei er aus ihrem Leben verschwunden. Sie lief zur Scheune, horchte und versuchte die Tür zu öffnen, ohne dass sie quietschte. Es war eine dämmerige Ruhe hier drin, obwohl es draußen so hell war, als sei das Licht am Überlaufen. Nichts zu sehen von Luzi, aber Judith hörte, wie er sprach. Er saß versteckt in der Burg, die er sich aus Leitern und Lumpen gebaut hatte, und sprach mit langen Pausen. Judith verstand nicht, was er sagte. Der Lichtstrahl, der durchs Dach fiel, schien Luzis Gemurmel zitternd aufzufangen. Judith blieb reglos stehen, auch als in der Burg eine Taschenlampe anging und Luzis Stimme in ein Ballern und Knallen und Maschinengewehrrattern umschlug. Die Bösen waren dran, Luzi schrie und ließ ihnen keine Chance, unter den Tüchern entstand ein wildes Gerangel. Judith sah zu, rührte sich nicht und dachte, Luzi, mein Luzi, schieß nicht alles tot, lass mich am Leben. Dann ging die Taschenlampe aus, in der Burg wurde es ruhig, Judith stahl sich ins Freie und schlug draußen in der Helle wieder die Hände vors Gesicht.

Der gemeinsame Spaziergang nach Castagneto war Inas Vorschlag. Sie hatte bereits angerufen und von Bill und Dante eine Einladung zu Risotto erhalten. »Ich glaube, ich bleibe hier«, sagte Judith. »Ach bitte«, sagte Ina. »Und die Ratte kommt auch mit.« Das »Ach bitte« war bei Ina eine Drohung. Sonst bin ich sauer, hieß das. Peter und Judith schauten einander an. Sie kannten das »Ach bitte« seit der Kinderzeit. Ergeben packten sie ein, was Ina vorbereitet hatte, zwei Flaschen Wein, eine Salami. Luzi steckte sich die Ratte ins T-Shirt, und damit sie nicht unten herausrutschte, schnallte er sich den Gürtel enger. Luna ging voraus und schwenkte einen langen Staubwedel, den sie in der Scheune gefunden hatte. Wir sehen aus wie eine Prozession, dachte Judith, fehlt nur noch, dass wir beten. Gott, mach, dass ich im Boden versinken kann, wenn Jens und Dante sich begrüßen. Bei den drei Kastanien hielten sie an und blieben im Schatten stehen. Jens war weiß im Gesicht, Peter rot. Es war so heiß, dass sogar die Nasenlöcher brannten. Im Weitergehen zog Salome die Schuhe aus, glänzend rote leichte Sandaletten. »Du könntest sie dir an die Ohren hängen, so schön sind sie«, sagte Judith, und Salome lachte höflich. Den ganzen staubigen, steinigen Weg ging sie barfuß, ihre Beine waren braun und makellos, wenn alte Kastanienhüllen am Boden lagen, tänzelte sie auf Zehenspitzen zwischen ihnen durch. Sie schien überhaupt nicht zu schwitzen. »Wie lange hast du Ferien?«, fragte Judith. Keine Ferien, sagte Salome, nur ein verlängertes Wochenende, im Sommer sei es für ihre Abteilung am strengsten, weil sich jetzt die Immobilien am besten verkauften, da seien sie und die andern vom Escort-Team dauernd unterwegs. Letzte Woche habe sie hier ganz in der Nähe einem Kunden ein Landhaus gezeigt. »Ach, so ist das«, sagte Judith, und Salome blickte sie fragend an.

Als Jens einschlief, ließ er Judith nicht los. Das war nicht üblich. Sonst drehte er sich, wenns vorbei war, nach einem flüchtigen Kuss weg. Jetzt hielt er sie unter seinem schweren Arm fest. An der Hüfte spürte sie seinen Penis wie eine schüchterne Drittperson. Sie lag wach, ohne auf den Schlaf zu warten. Die Bilder der letzten Tage zogen vorbei, hielten inne, wurden schwarz, und tauchten aus der Schwärze wieder auf, immer dieselben:

Luzi, der den Verband von seinem Bein löst und über die rosafarbene Narbe streicht wie über feinen Nagellack. »Was ist offen und geht von selbst wieder zu?«, fragt er.

Salome, die neben Judith in der komischen kleinen Kirche sitzt, ihr ganz unvermittelt das Gesicht zudreht und sagt »Ich bin schwanger, und Peter weiß es nicht.« Und Judith erschrickt vor so viel Geheimnis, und auch dieses Mal kommt wieder der Hund in die Kirche und macht mit seinen Krallen dieses klickrige Geräusch.

Jens, der sich oben in Castagneto über Dantes Computer beugt, und Bill und Dante erklären ihm, woran sie arbeiten, an dieser Datenbank, die kein Ende nimmt und für die sie einen Käufer suchen, und Jens schüttelt zweifelnd den Kopf, und Judith schleicht sich davon, an der Zimmertür vorbei, hinter der sie am Morgen mit Dante gelegen hat, und draußen schreien die Kinder, weil Peter ihnen mit einer Heugabel nachrennt, und Ina kratzt in der Küche angebrannten Risotto aus der Pfanne, und Salome lacht über Peter mit der Heugabel.

Die Bilder jagen einander, als ob sie sich den Platz streitig machen wollten. Ich bin wichtiger, sagt das Bild mit Bill und Dante, und Luzis Bild sagt: Ich war zuerst da.

Und wieder taucht aus der Schwärze Jens auf, er hat Luna auf den Knien und sein Kinn auf ihre Schulter gelegt, sie halten die Ratte in ihren vier Händen, sonst machen sie nichts, sie reden nicht mal, und Judith tut so, als hätte sie die stille Gruppe nicht gesehen, und zieht sich zurück.

Und dann erscheint ein Bild mit Ina, die an Salomes Seite über den Hofplatz kommt, sie haben Nasenmanns Haus besichtigt, jetzt, wo Ina weiß, dass Salome mit Immobilien zu tun hat, und wieder wird es schwarz, und der Schlaf streicht ganz nahe vorbei, aber noch einmal taucht ein Bild auf, es ist der Nasenmann von hinten, und er ist nackt. Das muss bereits ein Traum sein, und Judith lässt sich fallen.

Als Judith erwachte, war es bereits halb sieben, und Jens lag nicht mehr neben ihr. Was, wenn er unten in der Küche stand und sagte »Ich komme auch mit«? In Panik lief sie die Treppe runter, lautlos auf bloßen Füßen, und dann nochmals rauf, weil sie vergessen hatte, sich anzuziehen. Jens war nirgends, die Haustür war noch verschlossen, wo kann er sein, dachte Judith, ist er aus Verzweiflung aus dem Fenster gesprungen oder in Ekstase durch den Kamin gesegelt? Auf dem halben Weg nach Castagneto fiel ihr ein, wo er sein könnte: Bei den Kindern war er, in Luzis großem Bett, und sofort war die Eifersucht da, und Judith wusste, dass sie kein Recht hatte auf diese Eifersucht. Sie war die Schuldige, die in ein anderes Bett lief, an einem Stück Zitrone lutschend, damit ihr Mund frisch war für das Böse.

Diesmal saß Dante wieder auf der Türschwelle. Als er sie umarmte, war es für Judith, als ob die Schwerkraft verschwinde, und die ersten Schritte danach musste sie wieder lernen. Diese Aufregung, dachte sie. Diese Aufregung, als hätte ich plötzlich den Heimweg gefunden, den Heimweg an den Anfang der Welt. Von damals kenne ich Dante. Ich kenne ihn seit dem Paradies.

Dante führte sie vom Haus weg über den Pfad Richtung Wald. Irgendwo hinter diesen Bäumen, das wusste sie noch, war der Grenzzaun zu Italien. Morgensonne fiel in die Bäume, es waren mehrheitlich Kastanien, sie schimmerten festlich in diesem rotblonden Licht. Zwischen den Stämmen sah Judith ein Stück Ziegeldach, Dante lief darauf zu. Es war ein kleines, halb offenes Haus, Judith spähte hinein, nur grad zwei Betten hätten darin Platz gehabt, aber es war leer. Der Boden war mit Feigenblättern und unreifen Feigen bestreut. »Hier spielen wir«, sagte Dante, »wir wären Mann und Frau.« Er begann sich auszuziehen und legte die Kleider ordentlich auf den kaputten Stuhl, der auf dem Waldboden lag. »Das wäre unser Kleiderschrank«, sagte er. Er lachte nicht. Er wartete, bis Judith ausgezogen war. Sie stellte ihre Turnschuhe neben seine. Die Feigenblätter rochen. »Komm«, sagte Dante. Sie legten sich auf den Boden. »Wir spielen Adam und Eva«, sagte Judith und steckte ihm ein Feigenblatt zwischen die Beine. Dantes Ernst war plötzlich weg. Er hörte nicht auf zu lachen, und es dauerte lange, bis ein richtiger, nicht von Gelächter unterbrochener Kuss zustande kam und endlich die Liebe anfing.

Auf dem Rückweg gingen sie ein Stück Arm in Arm. Beim Feigenbaum, von dem Dante am Abend zuvor die Blätter gepflückt hatte, ließ Judith Dantes Arm los und rannte. Rannte voraus und bergab und dann keuchend hinein ins Familienbild.

Jens mähte. Er hatte Nasenmanns Balkenmäher geholt. »Wir dürfen das«, sagte Ina. In den vergangenen Sommern hatte der Nasenmann für sie gemäht. Langsam bahnte sich Jens den Weg durch das meterhohe Gras, das links und rechts vor seiner wichtigen Miene zu Boden sank. Nach zwei gemähten Streifen fing der Motor an zu stottern und verstummte. Jens fluchte, sagte »Scheise« und »Scheiswiese«, und Judith sah, dass Ina deswegen gerne gelacht hätte. Das Gras war dicht durchwachsen mit jungen Eschen und Robinien, und dazwischen wucherten die Brombeerranken und die zähen Schnüre des Geißblatts. Peter holte die Astschere, um die Bäumchen einzeln umzulegen. Judith streifte sich Handschuhe über, um die Brombeerstauden auszureißen. Ina sagte »Kommt, Kinder.« Wahrscheinlich gibt sie ihnen wieder was Süßes, dachte Judith, aber sie war froh, dass Luzi und Luna so willig mit Ina im Haus verschwanden und Platz machten für Dante, der sich umgehend vor Judiths geschlossenen Augen niederließ, auf den Boden mit den Feigenblättern sank und die Hand nach ihr ausstreckte. Er liege am liebsten direkt auf dem Boden, hatte Dante gesagt, auf dem Bauch der Welt. Judith glaubte die Feigen noch zu riechen, es tat weh, nicht mehr dort zu sein, wütend riss sie an Brombeerranken, ließ es zu, dass sie sich stach, durch die Handschuhe hindurch, und Peter rief »He, übertreibs nicht.« Wo war eigentlich Salome? Salome und der Embryo? Judith ging quer durchs hohe Gras auf Peter zu. »Wo ist eigentlich Salome?« Sie habe sich hingelegt, es sei ihr schlecht, sagte Peter, Ina habe wieder mal viel zu viel gekocht. »Liebst du sie?«, fragte Judith, und Peter schaute sie erschrocken an. Das sei eine schwierige Frage. Warum sie das wissen wolle.

Wie war es gewesen, einen Embryo in sich zu haben? Judith wühlte in ihren Erinnerungen, ohne viel zu finden. Sie erinnerte sich an die Trittchen von innen gegen die Bauchdecke, an ihre Beschwingtheit trotz des Gewichts, an die diffuse Freude auf das, was kommen würde, und an Schübe von Angst. Sie erinnerte sich an das leichte Ziehen, bevor die Wehen kamen, aber nicht an den Schmerz, der folgte, den hätte sie nicht mehr zu beschreiben gewusst. Sie erinnerte sich, wie Luzi trank an der Brust, an seine Gier, die sie freute. »Ist was?«, rief Peter, weil Judith, ohne sich zu rühren, in der Wiese stand und dachte. Der Motor des Balkenmähers ging wieder an, Jens fuhr auf sie zu, Judith trat zur Seite und schaute, wie das Gras fiel und fiel, all dieses Gewachsene, Kräftige, Blühende kam mit einem schnellen Schnitt zu Tode. Die Natur war wieder mal besiegt.

J&D hatte Dante mit einem Ziegelstück auf die Mauer gekratzt, bevor sie das kleine Haus verlassen hatten.

»Wo ist eigentlich Salome?«, fragte Ina, die allein am Steintisch saß. »Sie hat sich hingelegt«, sagte Judith nur, obwohl Ina nicht aufhörte, fragend zu blicken. »Dem Nussbaum gehts schlecht«, sagte Ina. Sie zog ein paar Nussbaumblätter aus der Tasche und strich sie auf dem Tisch glatt. Alle hatten dunkelbraune Flecken. »Er verliert die Blätter«, sagte Ina, »mitten im Sommer.« Immer noch strich sie über ein Blatt. Judith sah mit Verwunderung, wie schlapp Ina auf einmal wirkte. »Sogar Nüsse fallen schon ab«, sagte Ina. »Das wird schon wieder«, sagte Judith. Ina stand auf. »Nein«, sagte sie, »nichts wird so, wie es war.« Waren das wieder die Einweckgläser mit makellosen Erinnerungen? »Hast du Matti eigentlich mal betrogen?«, fragte Judith. Ina schüttelte den Kopf. »Und er dich?«, fragte Judith. Ina blieb eine Weile still und sagte dann »Das hätte ich nicht wissen wollen.« Wieder schüttelte sie den Kopf. »Warum fragst du?«

Man möchte, dass es dauert, doch wenn es dauerte, wäre es nicht mehr das, von dem man möchte, dass es dauert.

Judith hatte Inas Heft erst nach einigem Suchen gefunden, in der Schublade mit den Kabeln und Sicherungen. Wann schrieb Ina diese Sätze? Nachts? Stand sie extra auf, um sich nach unten zu tasten und einen einzelnen Gedanken ins Freie zu lassen? Diese Heimlichkeit Inas irritierte Judith, und sie war leicht beleidigt, dass Ina nicht genügend erfüllt war von Kindern und Enkelkindern. Das Haus war voll von ihren Stimmen und ihren Problemen, und was tat Ina? Sie verzog sich in eine geheime Kammer und schrieb geheime Dinge, die Judith nichts angingen. Das Jammern über den sterbenden Nussbaum erschien Judith plötzlich aufgesetzt.

»Nach dem Essen fahren wir«, sagte Peter. Salome saß aufrecht am Tisch und aß von der Polenta, die Ina gekocht hatte, ohne zu wissen, ob Salome Polenta mochte. »Wie soll ich sie fragen, wenn sie den ganzen Morgen im Bett liegt«, hatte Ina zu Judith gesagt. Auch Jens aß, obwohl er Polenta nicht mochte, was Ina schon lange wusste. Er war hochrot im Gesicht, vom Mähen in der Hitze, hatte endlich den Hut aufgesetzt, den ihm Judith am Morgen bereitgelegt hatte. Es war Mattis alter Strohhut, ein bisschen zu groß, aber Jens sieht gut damit aus, dachte Judith, sein schöner Mund im weichen Schatten des Huts.

Nun war keine Gelegenheit mehr, mit Peter zu sprechen, mit dem kleinen Bruder, der in Not war, in einer Not, die so groß war, dass er davon erzählt hatte. Er, der sonst nie viel sagte, hatte ungefragt ein Geständnis abgelegt. Ich kann ihm ja doch nicht helfen, dachte Judith und merkte auch gleich, dass das nicht wahr war. Mit ihm reden, ihm die Scham aus dem Gesicht wischen wie früher die Schokoladespuren, wenn sie zusammen genascht hatten. Sich zu ihm setzen, auf seiner Seite sein wie früher, wenn Ina ihn ausgeschimpft hatte. Mit ihm Pläne machen, auch unmögliche, wie früher, als das Leben noch groß war. So viel hätte ich tun können. Ich bin dir keine richtige Schwester mehr, dachte Judith und warf Peter einen Blick zu. Er hob im Kauen kurz die

Mundwinkel, deutete ein Lächeln an. »Esst«, sagte Ina, »sonst mach ich mir Vorwürfe, es sei nicht gut genug.« Ich werde ihm schreiben, dachte Judith, dass ich ihm mit Geld nicht helfen kann. Dass das mit Jens und mir auseinanderfällt. Dass Jens denkt, er sei gefährlich krank. Vielleicht auch, dass es Dante gibt, der mit mir Mann und Frau spielt. »Ich bin satt«, sagte Luzi und rutschte vom Stuhl. »Ich auch«, sagte Luna. Sie hatten hauptsächlich Brot gegessen, ihre Teller waren noch voll. Auch Salome stand auf, es sei ihr zu heiß hier draußen. »Wir fahren jetzt«, sagte Peter und fischte im Stehen noch ein paar Bohnen aus der Schüssel. »Wie ihr wollt«, sagte Ina und warf in weitem Bogen ein Stück Fleisch in die Wiese. Jetzt ist sie wütend, dachte Judith, aber dann sah sie, dass das Fleischstück für die Katze gedacht war, die dort in der Wiese saß.

Am späteren Nachmittag fing Judith mit Rechen an. Sie schob das Gras zu langen Wülsten zusammen, es roch bereits nach Heu. Ina hatte sich hingelegt und hatte ihr vorher gesagt, sie habe lange mit Peter gesprochen, er sei in einer Suchtbehandlung. Jens war mit Luzi und Luna zum Baden an den Laghetto gefahren und hatte ihr vorher gesagt, er werde Peter zehntausend Franken überweisen, er habe es ihm bereits versprochen. Alles hinter meinem Rücken, dachte Judith, mich hat man beiseitegelassen. Weit holte sie mit dem Rechen aus und schob energisch Gras und Gedanken aneinander. In einer Woche fing für Luzi die Schule an. In einer Woche war die Zeit in Casta zu Ende. In einer Woche konnte sie nicht mehr zu Dante laufen. In drei Monaten musste sie sich für oder gegen Jens entscheiden. In drei Monaten musste sie vielleicht um die Kinder kämpfen. In drei Monaten fing vielleicht die Eiszeit an. Judith war nassgeschwitzt, obwohl die Wiese jetzt im Schatten der Eschen lag. Es fängt bereits an, das Verlieren, dachte Judith, es ist Hochsommer, und deine Blätter fallen ab, würde Ina sagen.

Sie legte sich unter der großen Esche auf den nackten Boden und stellte sich vor, auch Dante liege jetzt gerade irgendwo »auf dem Bauch der Welt«. Seltsam, dass ihr jemand so nahe war, obwohl sie kaum etwas von ihm wusste. Er war drei Jahre jünger. Kam aus Amerika. Saß oft am Computer. Fuhr einen Lieferwagen. Zog sich das Hemd über den Kopf, statt es aufzuknöpfen. Summte, ohne den Mund aufzumachen. Was noch? Mochte die Farbe Rosa und Wilhelm Busch auf Englisch und einen Philosophen, der mit R anfing, den Rest hatte Judith vergessen. In der Morgenstunde mit Dante war zum Reden keine Zeit. Die Zeit war gar nicht mehr da. Sie tauchte jeweils erst auf, wenn Judith wieder nach Hause rannte.

Aus den Augenwinkeln sah sie, wie Ina suchend über die Wiese kam. Judith rührte sich nicht. Sie würde morgen fertig rechen. Aus dem Blätterdach der Esche rieselte Schlaf. Erst wischte sie ihn weg. Dann ließ sie sich bestreuen, bis sie nichts mehr sah.

Sie erwachte, als Luzi und Luna über die Heuwülste sprangen. Waren alle Beine in der Luft, in diesem winzigen Teilchen einer Sekunde, sah es aus, als ob sie fortflögen. Sie ließen sich fallen und flogen wieder auf, sie kreischten und stürzten und fielen übereinander her. Wie groß sie sind, dachte Judith. Als sie sich aufsetzte, schrumpften sie. Sie kamen sofort auf sie zu. »Was ist das«, fragte Luna, »es schwimmt im See und geht nicht unter?« Sie war wieder ganz zerstochen. »Falsch«, sagte Luzi, »es ist im See und schwimmt nicht und geht nicht unter.« – »Erst will ich euch umarmen«, sagte Judith. Luzi hielt still, Luna zappelte. Sie rochen nach feuchtem Badetuch. »Schwimmt nicht und geht nicht unter? Ich weiß es nicht.« Luzi strahlte.

Nun auch noch ein Unfall, zwar nur Sachschaden, aber für Ina wars zu viel. Sie verstummte. Sie rapportierte noch, was Peter am Telefon gesagt hatte, dann verstummte sie. Judith fand sie später, wie sie im Dunkeln an Luzis Bett saß.

Auf der Heimfahrt hatte Peter seitlich einen Wagen gerammt, die Tür des Gerammten war so eingebeult, dass er auf der Beifahrerseite aussteigen musste. Es werde ihn ein paar Tausender kosten, hatte Peter gesagt, Salomes Auto sei auch halb kaputt, aber keine Sorge, sie seien noch am Leben. Zuerst sei Salome am Telefon gewesen, sagte Ina, sie habe geklungen, als hätte sie vorher geweint, aber vom Unfall habe sie nichts gesagt.

Für Jens ist das alles ganz angenehm, dachte Judith. Er hatte Peter immer mit einer Mischung aus Neid und Bewunderung beobachtet. Peter hatte ein Studium abgeschlossen, er nicht. Peter konnte ohne Anstrengung gefallen, er nicht. Und jetzt hatte Peters Bild plötzlich

Risse. »Oje«, hatte Jens nur gesagt, als er von dem Unfall hörte. Dann hatte er die Kinder zu Bett gebracht.

Judith stellte sich vor den Spiegel. Ihre Haare waren weich und lockig, das war immer so in Casta, es musste am Wasser liegen. Die hell gefärbten Strähnchen sahen jetzt aus wie ein natürliches Sommerblond. Die Augen zu nah beieinander, aber groß. Der Mund größer als sonst, wegen Dantes Küssen. Sie machte ihn langsam auf. Am schönsten waren ihre Zähne. Eine schimmernde wohlgefällige Reihe. Dantemann, dachte sie, ich käme gleich jetzt, wenn ich könnte, die Dunkelheit würde mir nichts ausmachen, ich fände den Weg, ich ginge, ohne zu stolpern, ginge federnd den Berg hoch, zur blauen Tür. Ich brauche keinen Schlaf mehr, wozu soll ich mich ins Bett legen, wo ich doch nur auf das Aufwachen warte, auf das barfuß Hinunterschleichen, die Treppe wird kühl sein, der Morgen frisch geschlüpft. Dante, Mann, ich strecke meine Arme durch die Nacht, um dich zu berühren.

Als sich Judith sachte unter die gemeinsame Decke schob, war Jens noch wach. Er setzte sich auf. »Ich habe das Gefühl, als ob mich die ganze Zeit jemand rufe«, sagte er. »Das ist vielleicht der Anfang eines Traums«, sagte Judith, und Jens sagte »Ich will diesen Traum nicht.«

Wieder saß Dante auf der Schwelle und stand auf, als Judith ihm entgegenlief. Wieder führte er sie über den Pfad Richtung Wald, zog sie vorbei an dem kleinen Haus und dem kaputten Stuhl. »Wir gehen ins Ausland«, sagte er.

»Hast du einen Personalausweis dabei?« Judith schüttelte im Laufen den Kopf. »Zeig einfach dein Muttermal.« Der Wald wurde heller, das Unterholz dichter, sie liefen auf den Grenzzaun zu. An der Stelle, wo das Gitter unten eingeschnitten und hochgebogen war, wuchs hoher Farn. Dante bückte sich und kroch auf die andere Seite, Judith tat es ihm nach. »Halt«, sagte Dante. »Ausweis bitte.« Judith öffnete ihre Bluse und zeigte auf die linke Brust. Das Muttermal, linsengroß, war oberhalb der Brustwarze. »Stempeln!«, flüsterte sie, und Dante küsste das Mal und die Warze und die ganze Brust rundum und schob sie in die Bluse zurück. »Willkommen in Italien«, sagte er, »*amore mio.*«

Judith fuhr mit Jens ins Tal, er wollte nach Hause. Es blute wieder, er brauche Ruhe. »Sei nicht böse«, sagte er. Sie fuhr ihn zum Bahnhof, er bestand darauf, den Zug zu nehmen und das Auto Judith zu überlassen. So sei sie unabhängig von Ina. Vielleicht wolle sie ja auch nicht bis zum letzten Tag bleiben. Und ob ich bleiben will, dachte Judith, am liebsten bliebe ich für immer. Auf dem Bahnsteig sagte Jens »Was hast du da?« und klaubte ihr etwas vom Rücken, einen Samen. »Du bist voll davon«, sagte Jens, »wo hast du dich herumgewälzt?« Judith versuchte vergeblich, nicht an das kühle Wiesenstück zu denken, auf dem sie mit Dante gelegen hatte. Sie sah das Springkraut vor sich, sah, wie Dante die winzigen prallen Samenkeulen sachte zwischen die Finger nahm und wie sie sogleich explodierten. Einen Samen nach dem andern klaubte Jens ihr vom Rücken und spickte ihn auf den Bahnsteig, und jeder einzelne reute sie, war ein Geschenk von Dante. »Ruf mich an, wenn du beim Arzt warst«, sagte sie. »Bestimmt ist alles ganz harmlos.« Jens winkte nicht aus dem Fenster, als der Zug losfuhr, trotzdem blieb Judith stehen, bis der letzte Wagen verschwunden war. In der Baubaracke hinter ihr brüllten zwei Stimmen einander an. Jemand polterte gegen die Wand. Judith lauschte. Nun schrie eine dritte Stimme. Judith fischte ein paar Wörter aus dem kochenden Streit – *cretino, idiota, militare, ultima guerra* –, dann ging sie zurück zum Parkplatz. Das Auto sprang erst beim dritten Mal an.

In Casta war der Hof leer. Wahrscheinlich war Ina mit den Kindern ins Dorf gefahren. Es tat gut, allein zu sein. Judith stieg nicht aus, blieb einfach hinterm Lenkrad sitzen und schloss die Augen. Was mal gut in mir war, ist weg, dachte sie. Ich lüge. Ich betrüge. Und wehe, jemand stört mich dabei.

Mit Alleinsein war nichts. Ina fuhr vor, die Kinder sprangen aus dem Auto, den Mund voll mit etwas Rotem, kauend. »Fruchtgummis«, sagte Ina, »ein Geschenk von der Ladenfrau.« Sie weiß genau, dass die Ladenfrau Rossi heißt, dachte Judith, und trotzdem sagt sie immer »die Ladenfrau«. Warum tut sie das? »Man hat Nasenmanns Schwester gefunden, in Oslo«, sagte Ina. »Sie kommt hierher, in den nächsten Tagen. Pia-Anna heißt sie.« Woher sie das wisse? Von der Ladenfrau.

Dass Nasenmanns Schwester kam, schien Ina mit angenehmer Aufregung zu erfüllen. Sie wollte ihr Peters Zimmer offerieren und es erst mal gründlich putzen.

Peters Unglück und Jens' abrupten Entschluss heimzufahren, erwähnte sie nicht mehr. Sie verschwand mit Eimer und Besen im oberen Stock. Judith versorgte Inas Einkäufe und schüttelte den Kopf. Nichts war dabei von dem, was sie gebraucht hätten, kein Brot, kein Obst. Judith wärmte Suppe vom Vortag und schrie die Kinder an, weil sie sich stritten. »Was ist los?«, sagte Ina, die mit einem Berg Wäsche in die Küche kam. »Sie streiten sich«, sagte Judith. »Ja, und?«, fragte Ina.

Den ganzen Nachmittag bekam Judith Ina nicht mehr zu Gesicht. Sie rechte das restliche Heu zusammen und machte aus den Wülsten große Haufen. Luzi erklärte, die Haufen seien Dinosaurierkacke, und Judith müsse aufpassen, der Dinosaurier komme womöglich zurück. Der tue ihr nichts, wo er doch Vegetarier sei, entgegnete Judith. »Doch«, sagte Luzi ernst, »er kann dich zertreten, und du willst ja nicht tot sein, oder?« Luna warf sich auf einen Haufen und rief »Komm, Luzi, die Kacke ist weich!« Nein, ich will nicht tot sein, dachte Judith. Ich will dieses Fieber haben, das man Leben nennt. Ich will fiebern, bis ich glühe. Sie warf sich zu den Kindern auf den Haufen, sie deckten einander zu und rochen das Glück, und Judith dachte: Das habe ich alles Jens zu verdanken, er hat Luzi gemacht und hat Luna gemacht, und das Gras hat er auch gemäht.

Am nächsten Morgen rauschten Wind und Regen ums Haus. Schon am Abend vorher war das Wetter umgeschlagen, in aller Eile hatten Judith und Ina die Heuhaufen auf einer großen Plane an den Rand der Wiese gezogen, wo sie übers Jahr in sich zusammensinken würden.

Wie soll ich Ina erklären, dass ich bei diesem Regen laufen gehe, dachte Judith. Sie zog den durchsichtigen Regenschutz über, der knisterte leicht, während sie lief, und ihre Arme darunter schimmerten rosa. Wie ein verpacktes Stück Fleisch für Dante. Die Löcher im Weg waren voller Wasser, der Wind trieb ihr den Regen ins Gesicht, sie lief mit halb geschlossenen Augen. Sie stellte sich Dantes Zimmer vor, eine trockene, kühle Kapsel im Halblicht des Regenmorgens, das blaue Tuch auf seiner Matratze, dantewarm. Glück blinkte. Castagneto tauchte auf, die Zypressen tiefschwarz, die Tür geschlossen. Glück erlosch. Dann sah sie, dass die Tür nur angelehnt war, Dante wartete auf sie. Glück blinkte. Sie hörte Stimmen, Dante war nicht allein. Glück erlosch. Sie trat in die Küche, Dante kam auf sie zu und umarmte sie. Glück blinkte.

Bill saß am Kamin und schien sich nicht zu wundern über die lange Umarmung, also wusste er Bescheid. Er kam, als Dante losließ, in einer Hand das Messer, in der anderen das Brot, und küsste Judiths Nasenspitze. Sie hätten bis am Morgen vor dem Computer gesessen, sagte Dante, um Mitternacht seien alle Daten verschwunden, keine Ahnung, warum, Bill glaubte, das Haus sei verhext, aber jetzt sei alles wieder in Ordnung. Dantes Hemd und Hände waren nass von Judiths Regenhaut. Er setzte sich an den Tisch und legte den Kopf auf die Tischplatte. »Geh schlafen«, sagte Bill.

Judith legte sich zu Dante unter das blaue Tuch, »gute

Nacht«, sagte Dante, sie lagen reglos da, der ausgesperrte Regen fauchte. Als sie aus Dantes Atem den Schlaf hörte, stand sie vorsichtig auf und blickte auf ihn hinunter. »Lieber Dante«, sagte sie lautlos.

Luzi hob das Buch, um es Luna auf den Kopf zu hauen, und als Judith seinen Arm festhielt, riss er sich los, schmetterte das Buch gegen die Wand und lief weg. »Von wem hat er das?«, fragte Ina. »Was meinst du mit *das*?«, sagte Judith, kickte wütend ihren Stuhl beiseite und rannte Luzi hinterher. Er hatte sich aufs Bett geworfen und zog gerade die Decke über den Kopf, als Judith kam. Er rief etwas, vermutlich »Geh weg!« Judith ging nicht, sie legte sich neben die Decke. Nach einer Weile schlug Luzi die Decke bis unter die Nase zurück und drehte Judith den Rücken zu. »Luzi«, sagte Judith und legte die Hand auf die Decke, etwa da, wo sein kleines Schulterblatt war. Luzi ließ es geschehen. Das Fenster war offen, es regnete wieder, man hörte Tropfen auf Blech. Luzis Haar war von der Feuchtigkeit dicht geringelt, Judith hätte gerne darübergestrichen, aber sie ließ es bleiben, seine Wut war immer noch spürbar, durch die Decke hindurch. »Judith, wo seid ihr?«, rief Ina von unten. Judith gab keine Antwort. Sie schielte auf die Uhr, noch fünf Minuten wollte sie still sein, aber dann wartete sie doch nicht. »Luzi, was hast du?«, fragte sie. »Immer soll ich machen, was Luna will«, sagte Luzi. »Wer sagt das?«, fragte Judith. »Ina«, sagte Luzi. Nun strich ihm Judith übers Haar. »Das habe ich gar nicht gemerkt«, sagte sie. »Das kannst du auch nicht«, sagte Luzi, »wenn du immer wegläufst.« Judiths Augen fingen an zu brennen. »Immer wenn wir aufstehen, bist du schon weg«, sagte Luzi und setzte sich auf. Judith presste die Hände auf die Augen, und Luzi sagte »Manchmal denke ich, du kommst gar nicht mehr.« Judith schluckte ein paarmal, dann gelang es ihr zu sagen »Immer komme ich wieder, Luzi, immer.«

Der Kamin rauchte, Ina hatte Türen und Fenster geöffnet. »Das Holz ist feucht«, sagte sie. »Nein«, sagte Judith, »der Kamin hat schon immer geraucht. Hast du das vergessen?« Sie rieb sich die tränenden Augen. Jetzt wärs gut zum Weinen, dachte sie, niemand würde was merken. Sie spielten Memory, Luna war so gut wie Luzi, aber Judith sorgte dafür, dass Luzi gewann. Wenn Luzi erlöst lächelte, wenn Luna schrie vor Lust, wenn sich ihre Köpfe berührten und das aussah, als sei es zärtlich, strich sich Judith eine Träne weg und sagte »Was für ein Rauch.«

Beim dritten Mal Memory lief Bianca über den Tisch, Luna fing sie ein, aber die Karten waren völlig verrutscht. »Ich hätte gewonnen«, sagte Luzi. »Nein, ich«, sagte Luna. »Nein, ich«, sagte Judith, und die Kinder sahen sie fassungslos an.

Der Regen ließ so plötzlich nach, als hätte ihn jemand abgedreht. Das Grau riss auf, und aus dem Blau blies ein lautloser Heißlufttrockner. Innert einer Stunde war die Nässe von Gräsern und Blättern verdampft. Ina schlug vor, zur Farm zu fahren, sie habe gehört, man könne Jungtiere besichtigen. Luna wollte die Ratte mitnehmen.

»Nein«, sagte Ina. Dann bleibe sie auch da, sagte Luna. »Gut«, sagte Ina, »bleib da.« Judith fragte sich, ob Ina früher mit ihr und Peter auch so umgegangen war. Sie sah, wie Luna in ihrem Zwiespalt zappelte und wie viel Geschick sie brauchte, sich herauszuwinden und Ina mitzuteilen, sie bleibe nicht alleine da, sie komme mit, ohne Ratte. Bevor sie aus dem Haus gingen, steckte Judith die Ratte in ihre Umhängetasche.

Zum Teufel mit den Jungtieren, dachte Judith, zum Teufel mit Inas Unterhaltungsprogramm, es macht den Tag überhaupt nicht kürzer. Statt kreuz und quer durch die Gegend zu fahren, wäre sie lieber in Casta geblieben, bei den Turnschuhen vor der Haustür, in denen sie morgen früh zu Dante fliegen würde. Warum waren die Kinder auf dem Rücksitz so still? Judith drehte sich um, die Kinder blickten sie wortlos an, und sie sah erstaunt, dass Luzis und Lunas Hand genau aufeinanderlagen, so als müsste Ordnung sein in dieser Welt.

Ina saß am Steuer. Von der Seite sieht sie ernster aus als von vorne, dachte Judith. Sie hatte heute Morgen wieder einen neuen Satz in Inas geheimem Heft gelesen:

Nie sind ihre und seine gleich groß, und darum reimt Schmerz auf Herz.

Beim Friedhof hielt Ina an und drehte sich zu den Kindern um. »Wollt ihr grässliche Gräber besichtigen?« Luzi und Luna sahen sie ratlos an, aber stiegen gleich aus, als Ina sagte, hier sei auch Michelangelo Armoni begraben. Judith stieß einen Laut der Überraschung aus und hob Bianca aus ihrer Tasche. »Wie ist die bloß da hineingekommen«, sagte sie und zwinkerte Luna zu.

Innerhalb der Friedhofsmauern schien die Luft kühler. »Das bildest du dir nur ein«, sagte Ina. »Was?«, fragte Judith. »Dass es hier kühler ist«, sagte Ina. Judith erschrak. Sah Ina ihr immer an, was sie empfand? Messingkreuze blinkten und Marmorplatten glänzten, als wärs eine Spülmittelwerbung. Ina schritt voraus, Luzi und Luna jagten sich über Umwege. Vor einem auffallend großen schwarzen Grabstein blieb Ina stehen und winkte die Kinder herbei. »Hier liegt das Liebespaar«, sagte sie. Ein emailliertes Foto zeigte einen Mann und eine Frau mit dunkel umschatteten Augen. Judith rechnete. Der Mann war neunzehn und die Frau fünfundzwanzig, als beide am gleichen Tag starben. »Abgestürzt«, sagte Ina. Und etwas leiser »extra«. Die Frau sei unheilbar krank gewesen. Vor dem Stein lagen Gladiolen aus Plastik. Judith schob die Kinder weiter. Es war ihr nicht recht, dass Ina vor ihnen in Todesgeschichten schwelgte. »Wo ist der Mann mit dem aufgeschnittenen Pferd?«, rief Luna. Nach einigem Suchen fand Ina Armonis Gedenkstein an der Friedhofsmauer. Er war unscheinbar und dunkel von der Zeit, und Luna schien enttäuscht, bis Luzi ihr zeigte, dass *Casta* draufstand. »Die mit den alten Grabsteinen sind noch töter als die mit den neuen«, sagte Luna und verstand nicht, warum Luzi so verächtlich auflachte. Judith dachte an Matti, der keinen Grabstein hatte, sondern wie Streusel zwischen den Kuhfladen einer Alpwiese verteilt worden war. *Sein* Wunsch, hatte Ina betont. Ihr wäre es wohl lieber gewesen, auf einen geschmackvollen rosa Stein einen geschmackvollen rosa Strauß legen zu können, Pfingstrosen oder Hortensien, so was in der Art, und immer an Freitagen. An einem Freitag hatte sie ihn kennengelernt, an einem Freitag war er gestorben. Peter hatte ihn am Morgen gefunden, als er die Badezimmertür aufstoßen wollte, das ging nicht, weil Matti im Weg lag, Peter sah durch den Türspalt Mattis Arm auf den hellgrünen Fliesen und rief Ina. Waren sie hellgrün, die Fliesen? Fünfundfünfzig und dann Herzinfarkt. »Mein Matti tot«, sagte Ina. Ihr Matti, immer. Nie unser Matti. Als sie die Asche verstreuten, weinte sie nicht, aber in den Wochen danach hörte Judith Nacht für Nacht das Wimmern hinter Inas Tür, ein Winseln eher oder das Schreien eines Tiers, dem man den Mund zuhält. Erst als Ina die Stelle im Schulsekretariat antrat, wurden die Nächte still und Ina stumm, und von Matti war erst wieder die Rede, als er in der Erinnerung der wunderbarste Mensch und denkbar beste Vater geworden war. Judith nahm Bianca aus der Tasche und setzte sie auf den Kiesweg. »Mal sehen, was sie uns zeigt.« Bianca lief ein Stück, schnuppernd, bog seitlich ab und hielt vor einem Granitstein, auf dem Isidor Zucchi und Agnese Zucchi stand. Judith fragte Ina, ob das auch ein Liebespaar gewesen sei.

Die Jungtiere waren im Freien, in Gehegen aus großen Strohballen, Eichen warfen Schattenmuster. Sie waren die einzigen Besucher. Eine Frau rieb die Ferkelchen mit Sonnencreme ein, sie winkte die Kinder zu sich. Luzi und Luna kletterten über die Strohballen, Luna musste ein paarmal niesen wegen des Staubs, Luzi sah sie vorwurfsvoll an. Vor zwei kleinen Lämmern gingen sie in die Knie und fingen mit Streicheln an. Auch Judith stieg über die Ballen und sah den streichelnden Händen zu. Luzi hatte keine Kleinkinderhände mehr. »Hier bleiben wir«, sagte Luna.

Judith legte sich ins Gras, sah Licht- und Schattensprenkel, schloss die Augen, sah vier kleine Hände, die strichen über schwarzes Lammfell, und dann strichen sie über das ganze schwarze All hinter Judiths Lidern, sie strichen von innen Judiths Stirne glatt, sie strichen weg, was nicht sein durfte. Sie durfte nicht abstürzen mit Dante wie das Liebespaar unter dem schwarzen Stein. Sie durfte nicht durch die Schwärze zu Dante fliegen, musste sich festklammern am Gras. Auch ohne Dantes Berührung spürte sie ihre Haut, brauchte nur an seine Finger zu denken, kräftig waren sie und kurz. Lang waren der Hals, die Wimpern, das Lachen, das kleine Mittelstück der Oberlippe. Hatte das einen Namen? »Arme Bianca«, sagte Ina neben ihr. »Im Auto ist es bestimmt heiß.« Judith setzte sich unwillig auf. »Ich geh ja schon.« Als sie die Autotür öffnete, kamen mit der heißen Luft auch die Probleme heraus, die sie weggesperrt hatte, allen voran Jens. Sie musste ihn diesen Abend noch anrufen, wenn die Kinder und Ina im Bett waren, wenn niemand zuhören konnte, wie sie ihre Stimme zurechtstutzte. Was sollte sie sagen, wenn Jens vom Arzt den gefürchteten Bescheid schon bekommen hatte. Was, wenn er »Darmkrebs« sagte. Wie konnte sie ihn dann alleinlassen. Zu hoffen war, dass solche Untersuchungen länger dauerten, dass Jens noch nichts wusste, dass ihr noch ein paar Tage Freiheit geschenkt wurden. Bianca hatte sich unter einem Sitz verkrochen, ihr Pelzchen war fast kühl. Sie blieb auf Judiths Schulter sitzen, so zahm war sie, fast zärtlich, kitzelte Judiths Ohr. Nie hätte Judith gedacht, sich mit einer Ratte anzufreunden, aber bei Bianca war das etwas anderes, sie kam aus Dantes Händen.

Wieder war es bereits halb sieben, als Judith erwachte, hastig zog sie sich an. Zum Glück war die Treppe aus Stein und knarrte nicht. Aus dem Zimmer der Kinder war etwas zu hören, Judith blieb stehen und lauschte. Luna kicherte, und etwas flog gegen die Wand, wohl ein Kissen. Warum waren sie schon wach? Vielleicht wartete Luzi darauf, dass Judith zu ihnen ins Bett kam, mit ihnen noch verschlafen den Tag wachkitzelte, wie sie das oft gemacht hatte. Was hatte er gesagt? »Immer wenn wir aufstehen, bist du schon weg.« Auf der Kommode lag Inas Heft. Judith schlug es auf. Einen neuen Satz fand sie nicht, dafür sah sie auf der letzten Seite eine Reihe von Wörtern.

Das Leben / Die Erinnerungen / Der Schmerz / Die Lüge / Der Traum / Der Mut / Mein Kind / Der Tod / Das Glück / Die Liebe

Ob das die Lösungen zu den rätselhaften Sätzen waren? Zum Überprüfen hatte Judith keine Zeit. Sie stieß die Haustür auf und rannte los.

Der Morgen war warm, aber grau, der Himmel hing tief. Als Castagneto in Sicht kam, fielen ein paar Tropfen. Dante stand unter der Tür und streckte die Arme aus. Judiths Herz machte Sprünge und stieß überall an. Sie stiegen das dunkle Treppenhaus hoch, vorbei an Dantes Zimmer, die Stufen wurden steiler. Als sie auf dem Dachboden standen, fiel Regen. Der Raum war auf zwei Seiten offen, der Regenvorhang bewegte sich leicht, das Haus schien ein bisschen zu schwanken. Von den Dachbalken hing eine Hängematte aus rotem Tuch, sie zogen sich aus und legten sich hinein. Das Tuch war tief, es schloss sich über ihren Köpfen zusammen. Sie hielten einander fest in diesem roten Kokon, hörten den Regen auf dem Dach und das Rieseln unter der Haut. Irgendwann war der Kokon zu eng, sie kippten auf den Bretterboden und liebten sich weiter. Zurück in der Hängematte erzählte Judith vom Liebespaar, das sich in den Tod gestürzt hatte, und von Bianca zwischen den Gräbern und von der Alp, auf der sie die Asche ihres Vaters verstreut hatten. »Manchmal kann ich mich gar nicht mehr richtig an ihn erinnern.« Dante sagte, er kenne seinen richtigen Vater nicht, er habe nicht mal ein Bild von ihm. Erst als er für Mauro, den er als seinen Vater ansah, habe Rückenmark spenden wollen, sei ihm gesagt worden, er habe noch einen Vater, einen richtigen. »Und dann?«, fragte Judith und bohrte den Zeigfinger in Dantes Armbeuge. Dann sei Mauro gestorben, und seine Mutter habe nicht mehr über den unbekannten Vater reden wollen. »Er hieß Mattia Michele und war einer von hier. Das ist alles, was ich weiß«, sagte Dante und lachte. »Irgendein lokaler Casanova.« Und dann wurde er plötzlich ernst. »Geh noch nicht«, sagte er.

Judith nahm die Abkürzung für den Nachhauseweg, rutschte den Hang hinunter, über das nasse alte Laub, und fing sich auf mit einem Sturz. Wie lange sie noch in Casta bleibe, hatte Dante gefragt und war im dunklen Treppenhaus stehen geblieben. Und was dann. *And then?* Judith rannte, zum Weinen war keine Zeit.

»Ich weiß nicht, ob das gesund ist, was du da machst«, sagte Ina. Sie saß am Tisch, die Tasche unterm Arm und die Autoschlüssel in der Hand. Es habe noch warmen Kaffee, die Kinder seien in der Scheune, und sie fahre jetzt los, um nach dem Nasenmann zu sehen. Judith war versucht, beleidigt zu sein, weil Ina nicht fragte, ob sie mitkommen wolle. Dabei wollte sie gar nicht mit, und als Ina ging, legte sie erleichtert den Kopf auf die Tischplatte und blieb lange so sitzen. Jens hatte gestern Abend das Telefon nicht abgenommen. Ob das ein schlechtes Zeichen war? Ich muss nochmals anrufen, jetzt gleich, dachte Judith, ließ aber den Kopf auf der Tischplatte.

Als sie erwachte, stand Luzi neben ihr und sah sie erschrocken an. Warum sitzt du so da?, schien er zu fragen. »Du hast etwas Braunes im Gesicht«, sagte er. »Entschuldigung«, sagte Judith. Es war die Entschuldigung für etwas anderes. Luzi holte sich in der Küche eine Packung Biskuits und verschwand wieder. Er müsste um Erlaubnis fragen, dachte Judith, Ina hat ihn verwöhnt. Sie stand auf und suchte Inas geheimes Heft, fand es aber nicht. Sie nahm den Hörer in die Hand, um Jens anzurufen, und legte ihn wieder hin. Erst musste sie unter der Dusche Dantes gestreichelte Runen löschen.

Ina kam erst am Nachmittag wieder. »Der Nasenmann atmet noch«, sagte sie, »und er hat einen teuren Blumenstrauß auf dem Nachttisch von seiner Schwester.« Sie hatte den Kindern einen aufblasbaren Saurier mitgebracht und alle Zutaten, um mit ihnen Lasagne zu kochen, doch die Kinder wollten nicht kochen, sie verzogen sich mit dem Saurier in die Scheune. »Jens hat die Werte von der Stuhluntersuchung noch nicht«, sagte Judith, aber Ina schien nicht zuzuhören. »Wir könnten Bill und Dante zu einer Lasagne einladen«, sagte sie. »Wir sind ihnen was schuldig.« Bitte nicht, dachte Judith, aber Ina schob ihr schon Salbei und Knoblauch zum Hacken zu. »Ich möchte auch, dass Dante ein bisschen erzählt von drüben und von Riccarda und Mauro. Er gleicht Mauro sehr, mal abgesehen von den Haaren.« Als Judith sagte, Mauro sei gar nicht Dantes Vater, blickte Ina nicht hoch, sie faltete langsam die Hände um eine Zwiebel. Was hat sie?, dachte Judith und sagte »Hast du einen Herrn Michele gekannt?« Nun blickte Ina auf und schüttelte den Kopf. »So hat er geheißen, sein Vater. Mattia Michele. Einer von hier.« Bianca sprang auf den Tisch, Ina ließ die Zwiebel los und lief aus der Küche. Judith hörte ihre Absätze auf der Treppe. Das Kochwasser sprudelte, Judith suchte die Lasagneblätter, jagte Bianca aus der Einkaufstüte und stieß das Glas mit den Pfefferkörnern um. Was war nur mit Ina? *Sie* wollte doch kochen. Judith lief die Treppe hoch und sah durch die offene Tür Inas gebeugten Rücken, sie wühlte in einer Schublade. Hier bewahrte sie so unsäglichen alten Kram auf wie den Nylonstrumpf für Luzis Bein.

»Du wolltest Lasagne kochen«, sagte Judith. Ina drehte sich um, ihr Gesicht sah aus, als hätte man daran gezerrt.

»Was ist?«, fragte Judith erschrocken. Ina streckte ihr ein Foto entgegen, eine junge Frau, dichte Fransen bis über die Brauen, zartes Gesicht, das lächelte, obwohl der Mund ernst war. Das Foto war zerrissen, quer durchs Haar, und mit Klebstreifen geflickt, der war gelb und brüchig.

Ina setzte sich aufs Bett, drückte sich mit Daumen und Zeigefinger kurz die Augen zu. »Mattia Michele«, sagte sie, »Mattia Michele, das war Matti. Michael war sein zweiter Vorname. Mattias Michael. Verstehst du?« Judith schüttelte den Kopf. »Das ist Riccarda«, sagte Ina, »Dantes Mutter.« Judith verstand noch immer nicht. »Dreh das Foto um«, sagte Ina. Eine violette Schrift. »Lies«, sagte Ina.

Per il mio amore Mattia Michele
R.

Judith sah, dass Ina noch etwas sagte, aber sie verstand sie nicht, zu laut war der Sturzbach in ihren Ohren.

Dante war Mattis Kind.

Dante war ihr Bruder.

Jemand zupfte sie hinten am Hemd. Luna. Sie lachte lautlos übers ganze Gesicht.

IV

Matti setzt den Strohhut auf

Matti blickte durchs Fenster auf den Hügel. Das Gesicht war wieder da. Erst nach Sonnenuntergang war es zu sehen, ein böses Gesicht aus Hügelflanke, Baumschatten und Fels. Wenn er alt war, würde es noch da sein, an diesem steilen Schattenhang des Hügels würde niemand je etwas verändern. Nochmals vierzig Jahre, dann würde er achtzig sein. Und Ina fünfundsiebzig.

Wie sollte er nochmals vierzig Jahre aushalten?

Immer waren sie früh wach, weil Peter nachts schrie. Wenigstens weiß ich nun, dachte Matti, dass der Himmel nach der Nacht lavendelblau ist, ein lavendelblaues Haus möchte ich mal bauen. Er hatte Judith die winzigen Sandalen über die nackten Füßchen gestreift und Peter in den morgenfeuchten Kinderwagen gelegt und war mit ihnen vor Inas schlechter Laune geflohen. Er wollte so weit bergauf gehen, wie das mit dem Kinderwagen möglich war. Judith blieb alle zwei Meter stehen, hob Steine auf, Hölzchen, eine platt gefahrene, vertrocknete Eidechse. Nach zwei Straßenkehren war Casta von oben zu sehen, die alten Ziegeldächer ockerwarm im frühen Licht, der Hof noch im Schatten, Signor Cavatti war mit einem Schlauch unterwegs aufs Feld. Es war von

Inas Mutter seinerzeit verwegen gewesen, dieses abgelegene, unbequeme Casta zu kaufen. Inzwischen war drin, was man brauchte: Dusche, Toilette, Kühlschrank, die Fenster waren neu verglast, die Läden hingen nicht mehr schief und hatten ein neues helles Blaugrau. Judith wollte nicht mehr laufen, Matti setzte sie aufs Kinderwagendach. Weit würden sie nicht kommen. Was wird aus uns, dachte Matti, wo bin ich, wenn sie groß sind. Er machte aus Judith eine scharfsinnige Juristin, hochgewachsen, mit einer Mähne glänzender Locken, lächelnd entlarvte sie bei öffentlichen Streitgesprächen die Lügen der Mächtigen. Hatte sie einen Mann? Ja, vielleicht, einen stillen Sprachwissenschaftler im Hintergrund. Und aus Peter machte er einen Bildhauer, einen kräftigen, wilden Mann, der zärtlich war zu einem Stein. Und da unten in Casta standen im hohen Gras seine Skulpturen, die er vor gierigen Sammlern versteckte.

Nach den drei alten Kastanienbäumen wurde die Straße zu holprig, Peter durfte nicht so durchgeschüttelt werden. Matti kehrte zu den Bäumen zurück, hob Judith vom Wagen und kratzte von der staubtrockenen Erde so viel zusammen, dass Judith damit spielen konnte. Ein leicht übler, traniger Geruch hing in der Luft, das mussten die Kastanienblüten sein. Trotzdem blieb Matti sitzen und sah zu, wie Judith Erde um einen halben Käfer schaufelte. Er wollte möglichst lange ohne Ina sein.

Als er die Straße hochsah, war die Frau schon so nahe, dass er im Gegenlicht unter dünnem Kleiderstoff ihre Beine erkennen konnte. Sie schob ein Fahrrad bergab und kam rasch näher, keine Frau, ein Mädchen eher. Er hatte vergessen, wie die Leute hießen, die da oben in Castagneto wohnten, im letzten Haus am Hang. Sollte er aufstehen oder sitzen bleiben? Die Mädchenfrau hatte dunkles Haar, das ihr fast über die Augen hing, und was vom Gesicht noch zu sehen war, dieses Lächeln, als sie grüßte, das war so unerwartet und verstörend schön, dass Matti vergaß, den Gruß zu erwidern. Erst als sie schon fast an ihnen vorbei war, stand er hastig auf und stellte sich vor und zeigte hinab Richtung Casta. Sie zeigte hinauf nach Castagneto, er sah Haar in ihrer Achsel und über der Pulsader einen Leberfleck, sie sagte, sie sei die Frau von Mauro Ombrosi, sie sei Riccarda. Sie blickte kurz in den Kinderwagen, dann stieg sie aufs Rad, ab hier war die Straße zum Fahren gut genug.

Alte Kupferpfannen, Bügeleisen, Wagenräder, Waschständer wurden auf dem jährlichen Dorfmarkt angeboten. Wer so einen Ständer kauft, stellt dann rote Geranien rein, dachte Matti missmutig. Auf seinen Schultern saß Judith und ließ ihm Zwiebackkrümel ins Haar fallen. Ina probierte einen Strohhut an, er rutschte ihr auf die Nase, sie stülpte ihn Matti über. »Der ist gut«, sagte sie, »schau dich an.« Die Frau am Stand hielt ihm einen Spiegel hin. Matti schaute dem Mann im Spiegel zögernd ins Gesicht. Helle Bartstoppeln, eine Mundzeichnung, die verletzlich wirkte, Augenblau unterm Hutschatten. Ich, dachte Matti. Er kaufte den Hut. Und einen kleinen Bilderrahmen dazu, blank poliertes Rosenholz. Dann sah er Riccarda. Sie blickte ihn direkt an, erst ernst, und dann konnte Matti zusehen, wie sich das verstörend schöne Lächeln entfaltete, ein Blütenblättervorgang.

Dann ging alles sehr schnell, sie begrüßten sich, schüttelten Hände, auch Ina, auch Mauro, dann aßen sie Polenta auf dem Dorfplatz, Judith bekam einen Ballon, Peter die Brust, ein Handorgelmann spielte, Mauro erzählte von seiner Arbeit im kantonalen Bauamt, und Matti schilderte den neuen Trakt des Pestalozzischulhauses, mit dem er zurzeit beschäftigt war. Während er sprach, merkte er, wie gleichgültig ihm dieser Bau eigentlich war, wie schal ihm seine Arbeit plötzlich vorkam. Er suchte das Muttermal auf Riccardas Puls, aber sie hatte die Arme aneinandergelegt und den Kopf aufgestützt. Als sie sich abdrehte, sah er ihre Schulterblätter auf- und untertauchen, und er wünschte sich wild, seine flache Hand auf ihren Rücken legen zu dürfen, nur das.

Er gab vor, nur mit halbem Ohr hinzuhören, als Ina aufzählte, was sie von Riccarda in Erfahrung gebracht hatte. Sie saßen unterm Nussbaum, Peter schlief, Judith suchte Nüsse vom letzten Jahr, Nussmumien in einer ledrigen Hülle, sie machte damit eine Linie von Mattis zu Inas Stuhl. Riccarda sei vier Jahre im Internat gewesen, sagte Ina, in der Deutschschweiz, bei den Nonnen, darum ihr gutes Deutsch. Sie sei erst neunzehn, sechs Jahre jünger als Mauro. Matti schloss die Augen und sah den Arm, den neunzehnjährigen, der hinauf nach Castagneto zeigte, sah den Leberfleck. »Hörst du mir überhaupt zu?«, fragte Ina. »Jaja«, sagte Matti. »Riccarda. Deutschschweiz. Neunzehn Jahre.« Riccarda glaube, es spuke in Castagneto, sagte Ina, auch am Tag, aber Mauro wolle, dass sie zu Hause bleibe, denn würde sie eine Arbeit annehmen, würde ihre Familie sagen, Mauro sei nicht gut genug für sie. Es sei eine vornehme Familie, die von Riccarda, und wenn sie sie besuchten, habe Mauro hinterher immer Durchfall. »Wann hat sie dir das bloß alles erzählt«, sagte Matti und rutschte auf den Boden zu Judith, die ihren kleinen Daumen auf eine hellgrüne Raupe drückte. »Sie redet gern deutsch«, sagte Ina. »Sie macht schöne Fehler. Sie hat Mauro ›gehochzeitet‹. Und er hat ›Augenbräuen‹.« – »Was ist mit seinen Augenbrauen?«, fragte Matti. Ina lachte. »Er zieht sie hoch, wenn sie sagt, es spuke.«

Peter erwachte. Matti ging ins Haus, um die Kamera zu holen. Er fotografierte Ina und die Kinder und die Zeit, die kurz stillstand, und die Lichtsplitter, die zwischen den Nussbaumblättern so aufgeregt waren wie er wegen Riccarda.

Nach Castagneto waren es gut zwanzig Minuten, Matti trug Judith auf den Schultern, Ina hatte sich als Trage für Peter ein Tischtuch umgebunden und trug ihn darin wie einen zarten Mittagsbraten. Matti schwitzte, zu Judiths Gewicht kamen noch zwei Flaschen Wein im Rucksack. Mauro hatte sie zum Essen eingeladen. »Wahrscheinlich will er was von dir«, sagte Ina, »will wissen, was es kostet, das Badezimmer umzubauen oder die Veranda zu sanieren.« Matti blieb stehen und stellte Judith auf den Weg. »Lauf ein Stück«, sagte er. Er war nassgeschwitzt von der Anstrengung, nicht dauernd an Riccarda zu denken. In der Früh, nach dem Aufwachen, war ihm ein Satz zugeflogen:

In ihrer Achselhöhle schläft ein Tier

Und dann hatte er einen Reim darauf gefunden:

Wenn sie den Arm hebt, wills zu mir

Nun wurde er den Vers nicht mehr los. Er nahm Judith bei der Hand und sang alle Liedchen, die sie mochte, aber der Vers verschwand nicht. Als Castagneto in Sicht kam, hörte er auf zu singen. Das Haus hatte ein wunderbares, fleckiges, angedeutetes Rosa, so wie weiße Laken, die versehentlich mit einer roten Socke in der Waschmaschine gewesen waren. Jemand stand unter der Tür. Mauro. Er verbeugte sich leicht, als sie ihn begrüßten, ein verlegener Hausherr. Ina trat zuerst ein. Nach der blitzweißen Mittagshelle draußen sah Matti in der dämmrigen Küche zuerst nichts. Dann löste sich Riccarda aus den Schatten und streckte ihm die Hand entgegen, eine kühle Hand.

In ihrer Achselhöhle schläft ein Tier
Wenn sie den Arm hebt, wills zu mir

Meine Stimme ist anders, dachte Matti. Das musste daran liegen, dass die Küche so groß war. Sogar im Kamin war auf beiden Seiten ein Platz zum Sitzen. Am Kopfende des massiven langen Tischs stand ein seltsamer Lehnstuhl mit geschnitzten Löwenköpfen. Während Ina mit Riccarda sprach, schob Mauro Matti zur Treppe, er wolle ihm rasch das Haus zeigen. Wahrscheinlich war es so, wie Ina gesagt hatte: Mauro wollte kostenlosen Rat vom Architekten. Sie stiegen ganz hinauf, der Dachboden war auf zwei Seiten offen, Matti vermied es, auf die Wäsche zu blicken, die an den Leinen hing, er schaute geflissentlich auf die Landschaft, auf die gestaffelten Hügel, die grünen Schraffuren der Wälder, den Hang voller Farn. »Schön«, sagte Matti, und dann sah er sie doch, die kleinen Stücke an der Wäscheleine, Riccardas Slips, ein luftiges Hemdchen. Ein Stockwerk tiefer öffnete Mauro die Tür zu einem Zimmer, die Läden waren geschlossen, ein dunkles Bett ragte in den Raum wie ein Sarkophag. Diese Zimmer seien unbewohnt, sagte Mauro. Das Haus sei zu groß für sie, aber er habe es nun mal geerbt. Wieder ein Stockwerk tiefer wies Mauro auf die blau-weißen Bodenfliesen, die noch sein Großvater hatte verlegen lassen, dann traten sie in das hohe grüngestrichene Badezimmer, und Mauro zeigte auf die Wanne mit den Füßen. Bitte zeig mir das Schlafzimmer nicht, dachte Matti, doch die nächste Tür, die Mauro öffnete, führte nur in ein leeres Zimmer mit einer seltsam schmalen Fensterscharte, durch die das Licht eindrang wie ein Scheinwerferstrahl. Eine Matratze, gegen die Wand gelehnt, rutschte zu Boden, Matti erschrak. Mauro stellte die Matratze wieder auf. »Das gibt vielleicht mal das Kinderzimmer«, sagte er. Ina hatte nicht recht gehabt. Mauro wollte nichts von ihm.

Sie aßen auf der Terrasse, im Schatten eines zerschlissenen Schirms, es gab Kaninchenbraten, Riccarda trug einen Hut. Die Kinder waren unruhig, gleich nach dem Kaffee stand Ina auf. Wieder streckte Riccarda die Hand aus.

Er hätte die blaue Farbe der weißen und nicht die weiße der blauen beimischen müssen. Jetzt war das Blau zu dunkel, aber Matti malte die Kommode trotzdem an. Es war eine Kommode, die Inas Mutter auf einem Flohmarkt erworben hatte. Sie hatte schöne Art-déco-Griffe, Matti versuchte erst, drum herum zu malen, dann schraubte er sie ab. Er wusste wenig von Inas Mutter, Ina ließ ihn nicht an sie heran. Sie sei ein wirres Huhn, hatte sie einmal gesagt. Immerhin hatte das wirre Huhn namens Schoop dieses Haus gekauft, in dem sie nun Ferien machten und sich nostalgisch benahmen. Und also war Mutter Schoop hier immer noch gegenwärtig, wenn sie auch nicht mehr selbst nach Casta fahren mochte. Von Vater Schoop sprach niemand mehr. Der war seit dreißig Jahren tot, ein Buchhalter, der seinem wirren Huhn ein bisschen Vermögen und zwei kleine Kinder hinterlassen hatte. Matti hörte, wie Ina sang, damit Peterchen einschlief. Sie sang monoton, fuhr mit der Stimme auf und ab, als putze sie mit einem Lappen die Stille weg. Wenn sie mit Singen aufhört, wird sie zu mir kommen, dachte Matti. Sie wird schauen wollen, was ich mache. Das will sie immer. Sie wird das dunkle Blau schön finden. Sie wird das Gummiband aus ihren Haaren nesteln und den Pferdeschwanz neu binden. Sie wird sich über die Balustrade beugen, um den Lavendel zu riechen. Und sie wird an ihren Ohrläppchen ziehen. Als Matti die Schubladenfronten fertig gemalt hatte, tauchte er den Pinsel noch einmal in die Farbe. Auf die Unterseite einer Schublade schrieb er *RICCARDA*. Die Unterseite einer

Schublade bekam nie jemand zu Gesicht. Ina sang noch. Nun hatte er sie betrogen.

Noch heute wollte er hinauf nach Castagneto gehen.
In ihrer Achselhöhle schläft ein Tier.

Aus Castagneto wurde nichts. Judith war krank. Nach ihrem Mittagsschlaf glühte sie und wimmerte. Matti trug sie über die große Wiese und ging im Schatten der Eschen hin und her, hin und her. Sie lag wie ein schlaffes Lümpchen über seiner Schulter. Ina war aufgeregt und fuhr ihn an, als er sagte, auch Katzen hätten eine hohe Körpertemperatur. Am folgenden Morgen war Judith immer noch heiß, Matti konnte es spüren, wenn er nur die Hand über sie hielt. Ina war immer noch aufgeregt und fuhr ihn wieder an, weil er Judiths Apfelsaft nicht verdünnt hatte. Im allgemeinen Durcheinander fing auch Peter an zu schreien. »Wir brauchen einen Arzt«, sagte Ina. Aber wegen eines Kinderfiebers kam kein Arzt nach Casta. Sie packten die Kinder ins Auto und fuhren hinunter ins Tal. Bei jedem Fahrrad, das Matti von Weitem sah, hoffte er ein bisschen, es könnte Riccarda sein. Die kleinen Hoffnungen platzten zwar lautlos, aber trotzdem drehte sich Matti einmal nach Ina um. Nein, sie merkte nichts.

»Ein Dreitagefieber«, sagte der Arzt, »*niente di grave*.« Judith saß auf der Untersuchungsliege und fror in ihrer Hitze, ihr kleiner nackter Oberkörper zitterte. Sie hatte vom Arzt einen Buntstift gekriegt und wusste nicht, wie sie ihn halten sollte. Sie sah Matti an, und er spürte einen

Stich von Verzweiflung, er war schuld an Judiths Leben und somit an allem, was ihr wehtat.

Ina glaubte, Mauro habe die Idee geäußert, in Castagneto eine Ferienwohnung einzubauen. Matti sagte ihr nicht, dass er den Vorschlag gemacht hatte, nach dem Kaninchenbraten, als er mit Mauro Geschirr in die Küche trug. Es war wie eine Eingebung. Damit hatte er sich den Eintritt durch die blaue Haustür und den Aufstieg hinauf zu den Wäscheleinen gesichert. Nun musste er handeln. Weil das Telefon in Casta nicht funktionierte, fuhr er ins Dorf, er hatte Glück, die Post war offen, und der Posthalter wusste sogar, wo Mauro arbeitete, und suchte ihm die Nummer heraus. Nein, sagte Mauro, er habe gar nichts dagegen, wenn Matti die Stockwerke mal ausmesse, im Gegenteil, das sei *molto gentile*. Riccarda sei meistens zu Hause, und wenn nicht, stehe die Tür offen. Als Matti den Hörer auflegte, war ihm so heiß, als hätte Judith ihn angesteckt. Er lief zur Bar auf dem Dorfplatz und sah, dass die Pforte zur Kirche Sant' Agnese offen stand. Es war eine zwischen den Häusern eingeklemmte, ziemlich armselige Kirche, mit barocken Andeutungen an der leicht schiefen Front. Matti trat ein und sah sich um. Vorne beim Altar saß eine Mater dolorosa, bemalter Gips, sonst war da niemand. Matti setzte sich in die vorderste Bank und hüllte sich in seine Sehnsucht. Mater, vergib mir, denn ich werde sündigen. Er klammerte sich an die Bank, als würde er weggetrieben, und ließ das Holz erst los, als er hörte, dass jemand in die Kirche trat. Die Wischgeräusche eines Besens fingen an. Die Frau, die putzte, sagte »salve«, als Matti die Kirche verließ.

Er kaufte im Dorfladen einen unschön gemusterten Stoffhasen für Judith und für Ina ein paar Zeitschriften. Für Riccarda suchte er Schokolade aus, dann legte er sie wieder ins Regal zurück. Es war Mittag, als er nach Hause kam, alle schliefen. Ina lag mit den Kindern auf dem großen Bett, die Haare überm Gesicht wie weiches Tuch.

Ich habe keine Rechtfertigung, dachte Matti, für das, was ich seit fünf Tagen will.

Sein Leben sah noch genauso stimmig aus wie vor fünf Tagen, Frau und Kinder und Arbeit, alles stimmte. Niemand dumm und nichts hässlich. Kein Streit und nirgendwo Angst. Nichts zu verbergen, nichts zu beklagen. Derselbe Himmel über Tagen und Nächten. Ein Leben, das dazu angelegt war, sachte voranzurollen.

Ich hätte fliehen können, dachte Matti, als Riccardas Lächeln zuschlug.

Nun stand er vor seinen schlafenden Liebsten, sie hielten einander fest, aber es rührte ihn nicht, dabei sahen sie aus wie immer. Er stand im Zimmer, als wäre er eingedrungen und wüsste nicht, warum, wo er doch anderswo sein wollte.

In ihrer Achselhöhle schläft ein Tier
Wenn sie den Arm hebt, wills zu mir
Es muss ein Bebevogel sein, er bebt ...

Von unten im Tal war schwach eine Polizeisirene zu hören. Die drei auf dem Bett rührten sich nicht.

Es muss ein Bebevogel sein, er bebt
Wenn er aus seiner Mulde schwebt
Er schwingt sich dunkelblauend vor das Licht ...

Leise ging Matti hinunter in die Küche, er würde für Ina und Judith ein Mittagessen zurechtmachen und dann einen Zettel hinterlegen und sich aufmachen nach Castagneto. Als er die Tomaten schnitt, die sie Signor Cavatti abgekauft hatten, stand plötzlich Ina hinter ihm und führte ihm den Arm, während er schnitt, führte ihn drei Tomaten lang. Als sie lachte, drang ihr Lachen durch seinen Rücken und kam vorne aus ihm heraus. So war es bis jetzt gewesen, das Zusammengehören, derselbe Himmel über Tagen und Nächten.

Als er den Hut aufsetzte und ging, mit Skizzenblock und Metermaß und gespitzten Bleistiften, da stand Ina unter der Tür und sah ihm nach. Und als er sich umdrehte, winkte sie.

Er hatte auswandern wollen, aber Ina wollte nicht. Noch vor der Hochzeit suchte er sie umzustimmen. Immer war etwas im Weg, erst die Wohnung, dieser Glücksfall mit Jugendstilveranda und wildem Wein, dann die Schwangerschaft, später eine Lungenentzündung von Inas Mutter, die bewirkte, dass sich Ina an die Vergangenheit klammerte. Matti gab auf. Ina ließ sich nicht ausreißen. Als Kind hatte er in der Wiese mal vierblättrigen Klee ausgegraben und zu Hause in einen Topf gepflanzt. Der hatte zwar überlebt, aber nur noch dreiblättrig. Inzwischen mochte Matti von Neuseeland nichts mehr sehen und lesen. Inzwischen träumte er nicht mehr von Aufregung und Glück, sondern von Erfolg. Er beteiligte sich an Wettbewerben, zeichnete bis spät in die Nacht, malte sich aus, wie es sein würde, Erster zu werden. Er wurde es nicht. Er schaffte es dreimal in die engere Wahl. Er bekam Aufträge ohne besonderen Glanz.

Er schwingt sich dunkelblauend vor das Licht
Ich hör ihn flattern, seh ihn nicht

Als Matti an die hellblaue Tür klopfte – eine Klingel gab es nicht – und auf herbeieilende Schritte horchte, hörte er nichts. Nach einer Weile, in der Stille, ging die Tür plötzlich auf. Hatte Riccarda die ganze Zeit dahintergestanden? Nein, er hatte sie wohl nicht kommen hören, weil sie barfuß war. Matti starrte auf die schmalen Füße, von da auf die Hand, ebenso schmal, die sich ihm entgegenstreckte. »Ciao«, sagte Riccarda, und Matti zuckte zusammen, weil das klang wie ein Abschiedsgruß, obwohl er wusste, dass es keiner war.

»Du kommst, um zu ermessen?«, fragte Riccarda. Mauro musste sie angerufen haben. »Ich fange am besten auf dem Dachboden an«, sagte Matti. Sie ließ ihn auf der Treppe vorangehen. Wieder hörte er ihre Füße nicht. Dass sie ihm folgte, merkte er an seinem Herzklopfen. Unterm Dach hing immer noch die Wäsche. Riccarda begann, sie abzunehmen. Wenn sie hinter einem Betttuch stand und die Klammern von der Leine löste und Matti nur ihre Hände und ihre bloßen Beine auf Zehenspitzen sah, schien es, als tanze sie nackt hinterm Vorhang. Matti maß Höhen, Breiten, Tiefen, kroch über den Bretterboden, kletterte auf den Dachbalken. Das Metermaß war an einem Ende abgebrochen, hörte bei 1,76 auf. Matti musste zusätzlich rechnen. Als er Riccarda rufen hörte – »Mattia?«, rief sie – und er hinunterschaute, wurde ihm schwindlig. Er klammerte sich an den Pfeiler zwischen der offenen Ost- und Südseite und versuchte, geradeaus zu blicken. »Mattia? *Caffè?*« Sie stand ein Stück weit vom Haus entfernt und sah hoch, sie wirkte klein, im steilen Blickwinkel verkürzt, auch die beiden Zypressen links und rechts von ihr waren geschrumpft. Ihre kurzen Schatten lagen schwarz und stramm ausgerichtet auf dem Kies.

In der Küche saßen sie still am Tisch, und Matti dachte: Sie liebt mich auch.

»Das Telefon geht wieder«, sagte Ina, »aber Judith fiebert noch.« Sie sah müde aus, und sie fragte nicht, wie es in Castagneto gewesen sei. Erst als sie im Bett lagen, schilderte Matti den Dachboden und wie man die offenen Seiten verglasen und von Wand zu Wand einen Kokosteppich auslegen könnte, der Boden sei in Ordnung, das Dach auch, nur die Balken müssten einheitlich dunkel gestrichen werden. Morgen messe er die zweite Etage aus. »Morgen musst du einkaufen«, sagte Ina. »Wir haben kaum noch Windeln.«

Gleich in der Früh fuhr Matti los. Beschwingt griff er im Laden in die Regale, lud drei Einkaufskörbe voll, füllte einen vierten mit Wein, trug alles samt Windelpackungen zur Kasse und begann zu warten. Der Mann vor ihm hatte das Geld schon abgezählt auf die Theke gelegt. Warum hat er nicht längst nach der Verkäuferin gerufen, dachte Matti, wartet einfach, so ein Schaf. Gerade als Matti rufen wollte, kam sie. Der Mann zeigte auf das Geld, gab ein winziges Krächzen von sich und ging. »*Poveretto*«, sagte sie. Ein Stummer, dachte Matti, kein Schaf. Beschämt trug er die Ware zum Auto und sah dem Stummen nach.

Beim Friedhof hielt er an und stieg aus. Ina besuchte mit den Kindern nicht gerne Friedhöfe, wahrscheinlich hatte sie Angst, der Hauch des Todes würde an ihnen haften bleiben. Er ging die Grabreihen entlang, studierte die Inschriften und Emaillebildchen, es war ein angenehmer Schaufensterbummel durch die Sensenmanngasse. Die Hochglanzgräber interessierten ihn nicht, er blieb vor den ungepflegten stehen, sie waren die echten Denkmäler der ewigen Vergessenheit. Was ihn beschäftigte, war nicht das Sterben, sondern das Vergessenwerden, war die Tatsache, dass von ihm, Matti, nichts übrig blieb. Von Matti, der jetzt, in der Hälfte des Lebens, in seinen Skizzenblock zeichnete und auf heimlichen Blättern Gedichtzeilen schrieb, der liebte und litt und Listen anlegte von dem, was zu erledigen war, und von dem, was ihm einfiel und niemanden was anging. Von Matti, der jetzt, in der Hälfte des Lebens, auf seine braun gebrannten Füße in alten Ledersandalen blickte und sich über das Haar strich, das blond war, und über ein Gesicht, das er im Spiegel nicht ungern sah. Nichts davon würde übrig bleiben, es war besser, gar keinen Grabstein zu haben und – fort mit der Asche – die Vergessenheit umgehend einzuleiten. An der Friedhofsmauer entdeckte er die Grabplatte der Familie Armoni, die vor langer Zeit in Casta gelebt hatte. Marmor, von den Jahren gezeichnet, die Schrift noch knapp lesbar. Ina würde aufhorchen, so was gefiel ihr. Ich will nicht hier drin landen, wenn ich mal aus dem Leben stürze, dachte Matti, als er das Friedhofstor hinter sich schloss. Dass sein Leben durchaus weitere vierzig Jahre dauern konnte, war plötzlich eine wunderbar glitzernde Erkenntnis. Auf der Rückfahrt nach Casta sang er, »Freude, schöner Götterfunken«, sang, so laut er konnte.

Im Hof stand Ina, sie musste ihn gehört haben. »Komm«, sagte sie und lief ihm voraus. Etwas war passiert. Ina zeigte auf eine Decke unterm Nussbaum, und Mattis Angst stach zu. Aber da war nichts. Peterchen saß zufrieden auf der Decke, knetete den Stoffhasen. Matti schaute fragend zu Ina. »Er sitzt!«, sagte sie. Ach so. Das war Matti gar nicht aufgefallen. »Tatsächlich«, sagte er und versuchte, überrascht dreinzuschauen. Ina schien zufrieden. »Schreibst du es ins Ferienheft?«

Inas Mutter hatte mit den Ferienheften angefangen. Inzwischen gab es einen ganzen Stoß davon. Es waren linierte Hefte aus dem Dorfladen, die meisten waren voll mit Inas ordentlicher Mädchenschrift. *Wir waren heute im Dorf. Wir haben heute gesehen, wo die Fledermäuse schlafen. Wir haben heute einen Pfirsichbaum gesetzt.* Leicht langweilig war das alles. Nach Judiths Geburt hatte Matti die Eintragungen übernommen. Was er schrieb, fand er, las sich gut. Der letzte Eintrag vom Herbst lautete: *Die Glocken von Pontenovo sind hier oben noch schwach zu hören, ein trockenes helles*

Bimmeln – das hat vor hundertfünfzig Jahren der alte Armoni wohl auch schon so gehört. Nach den Glocken ist es eine Weile still, dann fällt eine Kastanie ins Gras – noch so ein Geräusch wie vorzeiten. Und nun würde er schreiben, dass Peterchen sitzen gelernt hatte, und Satz um Satz seiner Feriennotizen würde ihm wie eine Lüge vorkommen, weil Riccarda ausgeklammert war.

Diesmal stand die Tür in Castagneto eine Handbreit offen. Matti klopfte und rief, Riccarda erschien nicht. Er trat ein und sah sich in der Küche um. Auf dem Tisch stand eine Schüssel mit eingeweichten Bohnen, über dem Lehnstuhl mit den Löwenköpfen hing ein Kleidungsstück, etwas Seidenes, Matti fasste es an, es war ein Hemd von Riccarda, oder eine Bluse nannte man das wohl. Diesmal wollte er das zweitoberste Stockwerk ausmessen. Er tastete sich in das Zimmer mit dem sarkophagenen Bett und stieß die Läden auf. Wieder der Blick auf die beiden Zypressen, wieder die Hügel, die geduckten Rücken mit dem dunkellaubigen Fell. Im Zimmer standen außer dem Bett noch eine Kommode mit Spiegel und ein Waschständer mit geblümtem Krug. Die Wände waren rosa mit einem Fries aus lila Blättern. Hier dürfte man nichts ändern, dachte Matti. Die Bodenplatten wären zu erneuern, die Fenster frisch zu verglasen. Er trug die Maße ins Skizzenbuch ein, legte sich quer übers Bett und faltete die Hände. Wenn Riccarda nach Hause kam und von oben Geräusche hörte, musste sie glauben, es spuke. Dass sie an Geister glaubte, gefiel ihm irgendwie, es machte sie noch körperlicher. Er stellte sich vor, wie er sie in die Arme nahm. Als er die Augen öffnete, sah er die Wasserflecken an der Decke. Aha, dachte er, ich muss mir das Dach nochmals anschauen. Das nächste Zimmer war leer bis auf zwei Bilder von Sterbeszenen. Das eine zeigte den guten Mann mit dem Kreuz in den Händen, umgeben von sanften Engeln und traurigen Liebsten. Das andere zeigte den bösen Mann, der noch im Tod die Hand nach der Geldtruhe ausstreckte, derweil der Teufel hämisch lachte. Es war Kitsch, wie Matti ihn liebte, vielleicht war Mauro bereit, ihm die Bilder zu schenken? Aber Ina würde sie nicht wollen. Ina mochte Geschmackvolles. Matti trat ans Fenster und sah die kleine Gestalt, die das Fahrrad den Weg hochschob. Er winkte, aber sie ging gesenkten Haupts. Er rief erst, als sie so nahe war, dass er sah, wie der nass geschwitzte Stoff an ihrer Haut klebte. Als sie aufblickte, war ihr Lächeln bereits da. »Mattia?«

Wieder gabs *caffè* am Küchentisch, wieder in verlegener Stille, und beim Gehen umarmte er sie, nicht leidenschaftlich, wie er es sich ausgemalt hatte, aber es war doch eine Umarmung, die eine Sekunde länger dauerte als üblich, und er hatte endlich seine Hände auf ihre Schulterblätter gelegt. Riccarda passte so genau in seine Arme wie ein Musikinstrument ins samtene Futteral.

Am nächsten Morgen regnete es. Ina wollte ins Tal fahren, zum Supermercato auf der italienischen Seite. Matti sagte nichts, als sie den Einkaufswagen mit Dingen vollud, die er für überflüssig hielt. Was sollte Judith mit einem Glasperlen-Bastelset. Sie konnte ja noch nicht mal richtig ihre Zahnbürste halten. Als sie die Einkäufe zum Auto trugen, regnete es immer noch, und als sie zu Hause in den Hof fuhren, goss es. Ein Wasservorhang prasselte aus der verstopften Regenrinne. Matti stellte den Motor ab, und sie blieben eine Weile sitzen, »wie in einer Waschanlage«, sagte Matti, »wie unter einem Wasserfall«, sagte Ina, und Matti dachte, wer fährt schon unter einen Wasserfall. Dann rannten sie ins Haus.

Aufgeregt sah Matti alle paar Minuten aus dem Fenster. Ina würde es seltsam finden, wenn er bei dieser Sturzflut nach Castagneto ging. Aber nach dem Mittagessen, als Ina mit den Kindern wieder einschlief auf dem großen Bett, hörte die rauschende Dusche plötzlich auf, es tropfte nur noch von den Bäumen und von der Wäscheleine. Über den Hügeln klaffte das Grau auseinander und gab einen gleißenden Lichtfleck frei. »Gehe zu Mauro«, schrieb Matti und legte den Zettel auf die große Wassermelone, die Ina im Supermercato auf dem Kopf zur Kasse getragen hatte.

Kurz nach den drei Kastanien hörte Matti Schritte hinter sich, dann tauchte der Grenzwächter an seiner Seite auf. »*Passeggiata?*«, sagte er, und Matti stellte verärgert fest, dass er an seiner Seite blieb und reden wollte. Die ganze Vorfreude stürzte ein. Nun hatte er diesen Kerl am Hals. Es war ein junger, stämmiger Uniformierter, mit Pistolengurt und braun gelockt. »Nein«, sagte Matti. Er sei auf dem Weg zu Mauro. Der Wächter erwähnte in schneller Folge die Namen Mauro, Ombrosi, Castagneto. »*Bella casa*«, sagte er dann. Und mit einem schiefen Grinsen »*Bella donna*« und »Ricca«. Dass der

Uniformierte an Riccarda dachte und auch noch ihren Namen verkürzte, traf Matti wie ein Schuss, und aus dem Einschussloch lief Eifersucht. Er prüfte den Uniformierten von Kopf bis Fuß, die stramm sitzende Hose, die ausgeprägten festen Hinterbacken, die kräftigen braunen Hände. Er ist bestimmt erst zwanzig, dachte Matti. Der Uniformierte sprach vom Regen, er hatte einen federnden Schritt. Ob er jeweils auch bei Riccarda in der Küche saß? Bei Ricca? Schob er unter dem Tisch sein feistes Knie zu Riccarda? Legte er ihr beim Reden die Hand auf den Oberschenkel? Der Uniformierte zog Zigaretten aus der Brusttasche und blieb stehen, um sich eine anzuzünden. Matti setzte seine Schritte fort. Der Uniformierte holte ihn ein, stieß Rauch aus und warf die leere Packung auf die Seite. Marlboro, zwischen zwei Farnen.

Matti hatte Ina vor einem Zigarettenautomaten kennengelernt. Er sah, wie sie an den Griffen rüttelte, die Packung, für die sie Geld eingeworfen hatte, kam nicht heraus. Sie rüttelte nur verhalten, die Umstehenden sollten nicht merken, dass sie in Schwierigkeiten war. Da holte Matti mit dem Bein aus und kickte mit voller Kraft gegen den Automaten, worauf sich in dessen Innereien rumpelnd etwas tat. Die Packung flutschte heraus. Ina lachte Matti an. Sie riss die Packung auf, zupfte eine Zigarette halb heraus und bot sie Matti an. Marlboro, auf dem Bahnsteig Ettenhausen. Sie fuhren mit dem gleichen Zug in die Stadt zurück, Matti kam von der Besichtigung einer Baustelle, Ina kam vom Besuch bei einer Pflegefamilie. »Ich bin Architekt«, hatte Matti gesagt. »Ich bin nichts«, hatte Ina gesagt. Sie arbeitete im Sozialamt, nach einem abgebrochenen Studium und einer abgebrochenen Südamerikareise. Sie gingen noch am selben Abend aus. Ihre Haare rochen nach Kamille, ihre Küsse schmeckten nach Kardamom. Sie war schön und gescheit und glasiert mit Schüchternheit.

Der Grenzwächter packte Matti am Arm und zeigte auf etwas, das sich bewegte und als helleres Braun zwischen den dunkleren Stämmen verschwand. »*Volpe!*«, sagte er, und was er dann murmelte, klang nach Fluch. Sein Vater habe die Füchse früher in Fallen gefangen, in den Abruzzen, wo er herkomme, aber jetzt seien die Fallen verboten, alles sei verboten, und wieder murmelte er etwas, das Matti nicht verstand. Mit Genugtuung sah er, dass der Grenzwächter unterhalb des Ohrs dicke gelbe Pickel hatte. Nein, Riccarda ließ den abruzzischen Kerl nicht in ihre Küche, so viel war sicher.

Sonne blinkte immer wieder mal auf und verschwand gleich wieder. Unter dem unruhigen Himmel wurde Castagneto kurz beleuchtet, dann wieder von Schatten beworfen, die Hausfassade schien lebendig wie ein Gesicht. Kurz vor den beiden Zypressen drehte der Grenzwächter ab und hob zum Gruß zwei Finger. Matti klopfte, Riccarda machte die Tür nur zur Hälfte auf und streckte Matti gleich die Hand entgegen, als wolle sie ihn ans Trockene ziehen. So blieben sie stehen, in seiner Rechten ihre Hand, in seiner Linken das Skizzenbuch, er ließ es zu Boden gleiten, um den freien Arm um ihre Schultern zu legen. Wieder sagte sie »ciao«, spürbar als kurzer warmer Druck an seinem Hals, dann duckte sie sich und hob das Skizzenbuch auf.

Etwas kochte auf dem Herd, es roch nach Minestrone. Matti zeigte Riccarda seine Skizzen, wie sich aus dem Badezimmer die Wasserleitung in das obere Stockwerk ziehen ließe, um dort eine Dusche einzurichten und eine geräumige Wohnküche mit Wendeltreppe zum Raum unterm Dach. Während Matti redete, hielt Riccarda den Blick auf sein Buch gesenkt, und trotzdem schien es Matti, als schaue sie nicht das Buch an, sondern ihn. Als er die Treppe hochging, das Metermaß auseinanderfaltend, rief er »Gruß von Ina«, was gar nicht wahr war. Plötzlich fiel ihm das Lügen leicht.

Was geschah, geschah in dem leeren Zimmer mit der seltsam schmalen Fensterscharte. Das unruhige Licht draußen, fast blitzend.

Was reißt mir plötzlich meine Hände fort
Wer legt sie um die Knospen dort

Die Matratze war nicht mehr an die Wand gelehnt, sie lag.

Wer scheucht die Zitterhitze in den Mund
Was sengt mir meine Lippen wund

Es war nicht einfach, die zehn Stück Lavendel zu pflanzen, die Ina im Supermercato gekauft hatte. Für zwei fand Matti Platz direkt an der Hausmauer, aber wohin mit den andern? Überall war der Boden durchwachsen und voller Steine und Ziegelscherben. Matti schärfte den Spaten so gut es ging mit dem Wetzstein und fing auf Inas Wunsch beim Steintisch an umzustechen. Judith machte sich neben ihm mit ihrem roten Schäufelchen zu schaffen. Matti musste sie jedes Mal wegscheuchen, bevor er mit Wucht den Spaten in den Boden stieß. Er wurde immer ungehaltener, Judith fing an zu weinen, Ina rannte herbei und nahm sie auf den Arm.

Den ganzen Samstag und Sonntag hatte Matti seine Unruhe vor Ina zu verstecken versucht. Er hatte sich verboten, an Riccarda zu denken, aber das brachte er nicht zustande. Castagneto war gesperrt, weil Mauro bei Riccarda war, ein unendliches Wochenende lang. Die Zeit war bloß noch gekrochen. Aber nun war wieder Montag und der Weg frei in Riccardas Umarmung und in die strahlende Dunkelheit.

Verbissen grub und hackte Matti weiter, schärfte den Spaten neu und füllte die Schubkarre mit den ausgebuddelten Steinen. Langsam nahm das halbrunde Beet Gestalt an. Dann rammte sich Matti den Spaten in den Fuß, und das tat so weh, dass er nicht mal schreien konnte. Ihm war schlecht, als er den Schuh auszog. Er setzte sich und legte den Kopf auf den Steintisch. Der Spaten hatte den Nagel des großen Zehs getroffen. Ich Idiot, dachte Matti. Ina schlug vor, ihn für eine Tetanusspritze zum Arzt zu fahren, aber Matti schüttelte den Kopf – wenn der ihm womöglich den Fuß verband, würde Ina nicht verstehen, dass er trotzdem nach Castagneto gehen wollte. Und das wollte er, musste er, gleich nach dem Mittagessen. Das ganze Wochenende über hatte er zitternd auf diesen Montag gewartet, an dem Mauro wieder außer Haus sein würde. »Es wird schön sein, mitten im Lavendel zu sitzen«, sagte Ina. »Das dauert ein paar Jahre«, sagte Matti. Die Pflänzchen waren erst handhoch. Er verscheuchte die

Gedanken an kommende Jahre. Jetzt zählte das Jetzt, der Schmerz und die Lust.

Wenn Matti jeweils sagte »Meine Beine hauen ab«, bevor er alleine ausging, dann musste Ina lachen. Diesmal sah sie ihn nur fragend an. Er nahm Hut und Skizzenblock und ging. Er versuchte, nicht zu hinken, ziemlich sicher sah ihm Ina aus dem Kinderzimmerfenster nach. Hinter der ersten Wegkehre blieb er stehen, der Schmerz im Fuß war stechend, der Zeh schon dick angeschwollen. Matti fand einen Stock. Damit ging es besser. Wahrscheinlich würde er für den Weg doppelt so lange brauchen, und für den Rückweg auch. Das raubte ihm vierzig Minuten vom Zusammensein mit Riccarda. Er konnte diese Zeit nicht beliebig ausdehnen, einerseits verfolgte ihn Inas fragendes Gesicht, anderseits war zu befürchten, dass Mauro auch mal früher nach Hause kam. Aber eigentlich war alles Überlegen und Rechnen unwichtig geworden. Matti hatte die Vernunft bereits vom Kopf gestreift, sie hing an ihm wie eine schlaffe Kapuze. Matti wollte Riccarda. Nur das. Für das nahm er alles in Kauf, auch dass das Theater der heilen Tage womöglich in Flammen aufging. Matti hatte ein solches Wollen noch nie erlebt. Bislang hatte er in seinem Leben alles abgewogen, das Dafür und das Dagegen, die Mühe und den Lohn, die Last und die Lust, das Sollen und das Wollen. Aber was er jetzt wollte, war zu schwer, um auf eine Waage gelegt zu werden, es war zu groß, wie ließ sich Unendlichkeit messen. Vier Knöpfe hatte Riccardas Bluse, er hatte sie ohne Hast aufgemacht, Riccarda hatte sich nicht gerührt.

Der Fuß tat weh, das Blut pochte. Matti blieb stehen. Er zog das gefaltete Papier aus der Tasche.

In ihrer Achselhöhle schläft ein Tier
Wenn sie den Arm hebt, wills zu mir
Es muss ein Bebevogel sein – er bebt
Wenn er aus seiner Mulde schwebt
Er schwingt sich dunkelblauend vor das Licht
Ich hör ihn flattern, seh ihn nicht
Was reißt mir plötzlich meine Hände fort
Wer legt sie um die Knospen dort
Wer scheucht die Zitterhitze in den Mund
Was sengt mir meine Lippen wund

Und dann die Knöpfe. Und dann das Aufeinanderlegen auf der gestreiften Matratze.

Ich tauche Stoß um Stoß in einen Fluss
Der mich erglühend kühlen muss

Matti schrieb im Stehen. Jamben, fünffüßig, vierfüßig … Dann hörte er wieder die Schritte. Wieder der Grenzwächter, der sagte »*Passeggiata?*« Ja, sagte Matti, er sei bereits auf dem Heimweg. Sie nickten einander zu, und Matti ging langsam bergab. Nun dauerte es noch länger, bis er zu Riccarda kam. Als der Grenzwächter außer Sicht war, drehte Matti um und lief, so schnell es humpelnd ging, wieder aufwärts.

Kurz vor Castagneto fiel Matti ein, dass Ina morgen Geburtstag hatte. Es war, als hätte ihm jemand die Tür vor der Nase zugeschlagen. Er durfte morgen schon wieder nicht zu Riccarda. Er musste mit Ina etwas unternehmen. Sie stahl ihm einen Nachmittag, morgen gab es keinen *Fluss, der mich erglühend kühlen muss.* Wütend zerknüllte Matti das Papier in der Hosentasche. Zum Teufel mit diesem Geburtstag. Warum hatte das irre Huhn damals Ina nicht an einem Wintertag zur Welt gebracht? Er hatte nicht mal ein Geschenk für Ina. Und er musste sie doch bei Laune halten, damit sie ihn weiterhin arglos gehen ließ, bergauf in Riccardas Arme und in ihren Abgrund. »Ich kann morgen nicht kommen«, sagte Matti als Erstes, nachdem Riccarda die blaue Tür hinter ihm zugemacht hatte. Es klang wie »Morgen ist mein Todestag«. Riccarda trug dieselbe Bluse wie gestern, vier Knöpfe waren zu betätigen, um aufzusteigen und abzustürzen. Darunter trug sie nichts. Sie gingen sofort die Treppe hoch. Matti legte sein Skizzenbuch auf den Boden, bevor er das Zimmer betrat. Diesmal schien ein voller Sonnenstrahl durch das schmale Fenster und schräg durchs Zimmer auf die Matratze.

»Zeig«, sagte Riccarda, setzte sich aufrecht hin und legte sich Mattis schmerzenden Fuß sorgsam zwischen die Beine.

Daran dachte Matti, als er zu spät nach Hause hinkte, und immer wieder, den Abend über, bis er erschöpft neben Ina einschlief. Er erwachte früh genug, um sich aus dem Schlafzimmer zu stehlen und, während die andern noch schliefen, zu den drei Kastanien hinaufzugehen. Am Rücken des einen Stamms hing wie abgemacht Riccardas Papiertüte. Sie hatte noch gestern Abend aus Brotteig eine 3 und eine 5 gebacken, ein Geschenk für Inas Geburtstag. Er würde draußen den Frühstückstisch decken und die Zahlen in die Mitte legen, würde sagen, er habe sie bei Riccarda in Auftrag gegeben. Es war aber Riccardas Idee gewesen. Man habe ihr, sagte sie, im Internat mal eine 16 geschenkt. Und Matti hatte sie für jedes jener sechzehn Jahre auf eine andere geheimnisvolle Stelle geküsst. Die Teig-Fünf zerbrach, als Matti sie auf den Tisch legen wollte, er rannte ins Haus, suchte Zahnstocher, fand zwei gebrauchte in seiner Regenjacke, flickte die Fünf damit notdürftig, dann trat schon Ina aus der Tür. Sie trug eins seiner alten Hemden, in denen sie schlief, die Beine waren nackt, das Haar zerzaust, sie blinzelte verschlafen ins Licht. »Viel Glück«, sagte Matti. »Wie jung du aussiehst. Wie sechzehn.« Ina streckte die Arme aus.

Inas Mutter hatte einen ihrer alten Fingerringe geschickt, und auch von Ukas war ein Geschenk gekommen. »Mein Bruder denkt an mich«, hatte Ina erfreut gesagt, und Matti wusste nicht, ob das eine Anspielung war, dass er, Matti, zu wenig an sie denke. Das Geschenk war ein dickes Seidentuch, türkisblau. »Er weiß sogar meine Lieblingsfarbe noch.« Ukas hatte das Tuch wohl billig im Libanon gekauft, wo er immer wieder hinflog, unterwegs in seinen undurchsichtigen Geschäften. Matti traute Ukas nicht, aber wusste nicht, warum. Ukas war immer herzlich zu ihm, gestand ihm die Misserfolge bei seinen verschiedenen Freundinnen, schien Matti zu bewundern. Wenn Ukas und Ina von früher sprachen und gemeinsam lachten, kam das Matti irgendwie verlogen vor. Aber vielleicht ertrug er einfach nicht, dass er aus Inas früherem Leben ausgeschlossen war.

Nun war ihm Ukas egal. Alles war anders. Die Erdachse hatte sich verschoben. Matti hatte eine fünfte Jahreszeit. Es blühte und schneite wild durcheinander. Nur das ging ihn noch was an.

Trotzdem gab es nun eine geburtstägliche Schifffahrt, ein Essen am See, einen Cameriere, der einen Kuchen mit Kerzen brachte, und Matti überstand alles mit eiserner Freundlichkeit. Nur als er mit Judith auf dem Arm vom Schiff ins schäumende Wasser schaute und Judiths klammernde Ärmchen spürte, geriet er in einen Taumel von Hilflosigkeit. Und dass Ina zum Schluss des Ausflugs »Danke« sagte, erfüllte ihn mit Scham.

Matti klopfte an die blaue Tür, die Schultern schon angehoben für eine Umarmung. Mauro machte auf. Matti erschrak. Warum er an einem Mittwochnachmittag zu Hause sei, wollte Matti fragen, hielt sich aber noch rechtzeitig zurück. Er durfte nicht verraten, dass er einzig und allein zu Riccarda wollte. Seine übermächtige Enttäuschung musste ihm anzusehen sein. »*Tutto bene?*«, fragte Mauro und führte ihn wie einen Kranken in die Küche. Riccarda stand hinter dem Tisch. Die Blicke, die sie tauschten, waren elektrische Schläge. Matti wunderte sich, dass Mauro nicht zusammenzuckte. Der goss mit ruhiger Hand Nussschnaps in drei kleine Gläser. Riccarda fuhr fort, Wäsche zusammenzufalten. »Salute«, sagte Mauro, dann Matti, dann Riccarda. Sie sah Matti nicht an, als sie trank. Matti fühlte sich tatsächlich krank. Benommen sah er Riccardas Händen zu, die sanft die Wäsche glatt strichen. Von diesem Schnaps wurde ihm schwindlig. Als er sich setzen wollte, sagte Mauro

»Komm«, und Matti folgte ihm verzweifelt durch das verdunkelte Wohnzimmer ins Freie. Es war ein wunderbarer Augusttag, der Himmel griff blaufingrig in die Hügel, über der Terrasse hing der Duft von Harz.

Mauro war begeistert von Mattis Skizzen, besonders den ausgebauten Dachraum wollte er immer wieder erklärt haben. Was das Ganze wohl kosten würde. Matti sagte, er sei noch nicht fertig, noch sei einiges auszumessen, und das Dach benötige wahrscheinlich größere Reparaturen. Mauro sagte, er rechne mit einer Erbschaft von Riccarda, seine eigenen Mittel seien bescheiden, vielleicht müsse er sich nach einer besser bezahlten Arbeit umsehen, er habe ohnehin Probleme mit seinem Chef, deshalb sei er heute zu Hause, er habe es nicht mehr ausgehalten. Als er das sagte, sah Matti, wie Riccarda unter die Tür trat.

Er schwingt sich dunkelblauend vor das Licht
Ich hör ihn flattern, seh ihn nicht

Mauro verstummte. Riccarda strich prüfend mit dem Finger über einen Holzstuhl, der etwas abseits stand. Er war frisch lackiert, von da her kam der Harzgeruch.

Matti stieg allein die Treppe hoch, um weitere Zimmer auszumessen. »Geh einfach überall rein«, hatte Mauro gesagt. Der Grundriss vom zweiten Stockwerk war gemacht, der vom ersten fehlte ihm noch. Zuerst betrat er das Zimmer, in dem es geschehen war. Die Matratze war wieder an die Wand gelehnt.

Was reißt mir plötzlich meine Hände fort
Wer legt sie um die Knospen dort

Matti bewegte sich so vorsichtig, als dürfe die Luft

in diesen vier Wänden nicht durcheinandergebracht werden. Er war ein Einbrecher ins eigene Reich. Er maß den Boden seiner Lust aus. Bevor er den nächsten Raum betrat, klopfte er an. Erleichtert stellte er fest, dass es kein Schlafzimmer war. Rundum waren Regale, ordentlich gefüllt mit Schachteln und Boxen, auch mit ein paar Reihen Büchern, und am Fenster stand eine Nähmaschine mit einer angefangenen Näharbeit. Es war ein türkisfarbener Stoff. Ina fiel ihm ein. Aquarelle waren an die Wand gepinnt, artige Versuche von Stillleben und Landschaften. Auch an der nächsten Tür klopfte er an, und nun stand er im Schlafzimmer. Er bemühte sich, nicht genau hinzuschauen, nicht zum Bett, dem doppelteiligen Ungetüm aus Eiche, nicht zu den Sesseln, über welche Kleider geworfen waren, Häute der beiden Wesen, die sich abends in diesem Bett verpuppten. Die Bluse mit den vier Knöpfen hing an einem Drahtkleiderbügel. Matti verbot sich, die Bücher und Cremetuben auf dem Nachttischchen anzusehen. Er musste das Metermaß unter den Betten hindurchschieben, fand dabei den kleinen Gymnastikpantoffel, schwarz, mit Staubflocken dran, er rollte ihn zusammen und steckte ihn in die Hosentasche.

Als Mauro dankte, für Gedanken und Skizzen, ihm die Hand auf die Schulter legte, wartete Matti auf seine Scham, aber sie kam nicht. Riccarda rief »ciao!« aus der Küche. Draußen, vor der blauen Tür, lag noch der helle Tag. Beim Abwärtslaufen fing der Fuß wieder an zu schmerzen.

»Ich möchte heute schwimmen«, sagte Ina, »wieder mal kühl werden.« Gleich nach dem Frühstück fuhren sie hoch zum Laghetto. Er lag noch zur Hälfte im Schatten. Auf dem Parkplatz verglichen die Fischer ihre Fänge, packten ihre Sachen ins Auto. Judith war nicht wegzubringen von einem Eimer voller Fische. »Komm«, sagte Matti. »Die sind tot.« Ina war schon mit Badetüchern zur Liegewiese vorausgerannt, um sich den besten Platz zu sichern, den unter der krüppligen. Weide. Auch auf der Sonnenseite war der See grün. Mit der einen Hand schob Matti den Kinderwagen, mit der anderen zog er Judith. »Warum tot?«, fragte Judith. »Warum?« Ina winkte, dann lief sie zum Wasser. Sie sah gut aus im Badeanzug, und sie wusste das, sie ging aufrecht und mit einem Anflug von Grazie. Unter der Weide fing Peterchen an zu schreien. Matti suchte das Glas mit Babybrei und begann, Löffel um Löffel Peterchens Mund zu füllen. »Warum tot?«, fragte Judith. Der Brei war leberfarben und roch süßlich. Ich würde so was verweigern, dachte Matti. Er schlürfte verlogen, wenn er den Löffel auf Peterchens Lippe setzte. »Warum tot?« – »Weil der Mann die Fische getötet hat.« – »Warum?« – »Weil sie tot sein müssen, wenn er sie essen will.« – »Warum?« Solange sie fragt, läuft sie wenigstens nicht weg, dachte Matti. Ina war schon weit draußen, ihr Kopf tauchte regelmäßig auf und ab, sie war die Einzige im See. An der Bergflanke gegenüber glitzerte Gneis oder so etwas. Ein Pfad wand sich durch braunes Gras und brach ab im Horizont. Da war er mit Ina früher, im Leben ohne Kinder, mal hochgestiegen. Nun presste Peterchen den

Mund zu. Matti wischte ihn sauber. Inas Kopf war nicht mehr zu sehen. Was, wenn sie in die grüne Tiefe sänke, träge, aber unaufhaltsam, ein helles langes Gewächs mit schwebenden Haaren. Was, wenn sie nicht mehr käme. Was, wenn er mit Judith und Peter alleine zurückführe. Warum tot? Matti sah auf die Uhr. Bis zu Riccarda dauerte es noch Stunden.

Matti steckte den Kopf ins Zimmer und spähte zum großen Bett. Die Kinder schliefen. Und Ina? *Fa finta di dormire*, dachte Matti, sie tut nur so. Judiths Schulter war feuerrot, Sonnenbrand. Leise zog er die Läden zu, um die Mittagshitze auszusperren. Er nahm Skizzenbuch und Strohhut und machte sich davon. Immer wieder musste er das Bild von Ina wegscheuchen, wie sie am Laghetto plötzlich hochaufgerichtet und triefend vor ihm gestanden hatte, die Verwunderung in ihrem nassen Gesicht, weil er es unterlassen hatte, sie mit einem freundlichen Blick zu empfangen, wie man das tat, wenn jemand allein aus einem grünen tiefen Wasser ins Leben zurückkam. Das war der Moment, als ihr Misstrauen entstand. Und er wusste nicht, wie er es schaffen sollte, dieses Misstrauen zu verscheuchen, nun war es da. Was Mauro betraf, so hatte sich Matti mit neuen Entwürfen abgesichert, er hatte die geplante Küche in den Dachraum verlegt, und der musste der großen Balken wegen nochmals ausgemessen werden.

Ich messe ihre Achselhöhle aus
Kein Tier mehr da, nur ich im Haus

Die blaue Tür stand offen. »*Permesso?*« Matti trat ein.

Riccarda stand am Küchentisch, stand und tat nichts, und noch bevor sie ihr Lächeln entfaltete, sah Matti ihr an, dass Mauro nicht da war.

Riccarda ging voraus.

Sie war barfuß, ihre hellen Waden zwei Brötchen auf dem Weg zum Tisch.

Warum tu ich das, dachte Matti, warum, und Judith fiel ihm ein und wiederum Ina, hochaufgerichtet und triefend. Verschwinde, dachte Matti. Da ging sie. Ihm fiel ein, dass er Metermaß und Skizzenbuch auf dem Küchentisch hatte liegen lassen. Sollte Mauro kommen, was müsste er denken, was tat Matti ohne sein Arbeitszeug oben im Haus? Sollte Mauro ihn suchen, was würde er sagen, was tat Matti mit seinen Händen unter Riccardas Kleid? Ich liebe deine Riccarda, bitte entschuldige. Wir müssen uns aufeinanderlegen, bitte verzeih. Wir machen *amore, scusa*.

Als sie einander schon gepflückt hatten und welk auf der Matratze lagen, läutete unten das Telefon. Fünf Mal läutete es, unglaublich laut, wie eine Glocke im Bahnwärterhaus, und da kam auch schon wie ein Zug ein flatterndes Verlangen angebraust, und sie liebten sich noch einmal.

Matti flickte eine Trockenmauer mit den Steinen, die er beim Lavendelsetzen ausgegraben hatte. Es waren drei Schubkarrenladungen voll. Was für Ina aussehen mochte wie mühsame Arbeit, war für Matti reines Vergnügen. Er griff die unterschiedlichen Steine, wog sie in der Handschale, verwarf sie oder hieß sie gut, platzierte sie in den bestmöglichen Vertiefungen und sah zu, wie die Mauer wuchs und hielt. Einmal holte er die Kamera und fotografierte einige Steinschichten, die der Zufall zu besonders schönen Bildern zusammengefügt hatte. Irgendwann würde er sie vergrößern und rahmen. Die Eidechsen waren überhaupt nicht scheu. Sie liefen dicht an seiner Hand vorbei. Schweiß rann ihm ins Hemd. Wenn er sich bückte, spürte er etwas, das einem Schwindel glich. Er hatte nicht gefrühstückt. Seit Tagen hatte er keinen Hunger mehr. Als die Steine aufgebraucht waren, war die Mauer fast wieder ganz. Matti setzte sich in den Schatten und besah sich sein Zusammensetzspiel. Noch etwas Hauswurz gehörte darauf, auf dem Weg ins Dorf wollte er zwei Handvoll aus den alten Mauern klauben. Plötzlich hatte er genug vom Imitieren alten Krams. Wie schön ist Beton, dachte er, die bloß angedeutete Musterung, das Spiel von Licht und Schatten auf dem flachen Grau, der stille Bezug zwischen den Wänden. Er ging in Gedanken durch sein Haus, das er mal bauen würde, ging durch die kühlen Räume und merkte beim Gehen überrascht, dass er völlig allein war.

Matti zwang sich zu langsamen Schritten. Heute war Freitag. Dann kamen zwei schwarze Tage, an denen er nicht nach Castagneto durfte, weil Mauro dort war, ein sterbenselendes Wochenende, an dem die Ungeduld und die Sehnsucht aufeinander losschlugen. Also ging Matti langsam, blieb stehen und hielt die Vorfreude umarmt, ließ sie laufen, fing sie wieder ein. Bei den drei Kastanien rief er sich in Erinnerung, wie Riccarda das Fahrrad bergab gestoßen, das Lächeln aufgefaltet und den Arm gehoben hatte, und er sah seine Hände an, seine Finger, die inzwischen Riccardas ganzes Gelände erkundet hatten, helle Fluren, dunkle Grotten, es waren kräftige Finger mit kurz geschnittenen Nägeln, Bauernhände, dachte Matti. Eine Zeit lang ging er rückwärts bergan, setzte Fuß hinter Fuß, das verlängerte den Weg und verzögerte die Lust. Er sah Riccardas Unterarme vor sich und wie sein Daumen über die dunklen Härchen strich, wie Wind übers Feld. Dann stolperte er. Wenn ich ein anderer wäre, dachte er, fände ich mich lächerlich.

Judith hatte etwas ins Ferienheft gezeichnet, etwas Dickes, Krakliges, und Ina hatte daruntergeschrieben *Das ist ein Käfer*. Sie ließ das Ferienheft da liegen, wo Matti es sehen musste, aber Matti schrieb nichts mehr ins Heft. Für Ina war das wohl ein Zeichen für das Ende von etwas. Ich kann es nicht ändern, dachte Matti, nicht das Etwas und nicht das Ende.

Riccarda hatte kühlen Tee bereitgestellt. Sie tranken ihn aus einem Glas. Er schmeckte nach Minze und Regen. Matti sagte »Morgen komme ich nicht.« Riccarda nickte. »Übermorgen auch nicht.« Matti ging durch die Küche, strich über Tischkanten und Stuhllehnen, er hatte das Gefühl, er sei zum letzten Mal da. Am Montag wollte er Riccarda das Foto von sich bringen, das er bereitgelegt und in der Eile vergessen hatte. Sie hatte ihm gestern ihr Bild gegeben, unter der Bedingung, dass sie auch eins von ihm bekomme. Es war ein ernstes Bild, aus einer Zeit, als Matti Riccarda noch nicht begegnet war, und trotzdem sah sie aus, als ob sie »Matti« danke. Bevor sie nach oben gingen, setzte sich Riccarda Mattis Hut auf. Das war der Anfang des Ineinanderschlüpfens, das auf der Matratze weiterging, sanft, wilder, wütend, ein Körper zog den andern über wie eine Hülle, bis das Gewitter vorbei war.

Sie sagten nicht »Ich liebe dich.« Sie dachten nicht in Wörtern.

Als Matti ging, küsste ihn Riccarda auf den Hut. Wenn er zum Haus zurückschaute, hob er den Hut und winkte. Er sah immer wieder zurück. Als die Wegbiegung das Haus verschluckte, stand Riccarda noch unter der Tür.

Der Anruf kam vor dem Abendessen. »Unfall auf der Baustelle«, sagte Robert, »du musst kommen.« Gregorio sei im Krankenhaus. »Bist du noch dran?«, fragte Robert. »Wann kannst du hier sein?« Ina trat von draußen fragend unter die Tür und sah zu, wie Matti nickte, während Robert redete. Baugerüst. Knirschgeräusche. Gelernter Gerüstbauer. Bauaufsichtspflichtverletzung. Amt für Arbeitsschutz. Auf dem Herd schäumte das Spaghettiwasser über. »Morgen um acht auf der Baustelle«, sagte Matti. Judith schrie, Ina verschwand aus dem Türrahmen. Als Matti den Hörer auflegte, stand sie wieder da. Sie sagte »Komm, wir fahren.« Sie holten das schlafende Peterchen aus dem Bett, zogen die nackte Judith wieder an, drehten den Herd aus. »Das Gerüst ist eingestürzt«, sagte Matti im Auto, »Gregorio hat einen Schädelbruch, und Robert will wissen, wer haftet.« Er fuhr in verbotenem Tempo durch den taghellen Abend talwärts. Ina saß auf dem Rücksitz und hielt Peterchen umklammert. Judith jammerte und erbrach sich in einer der engen Kurven. »Ich muss den letzten Zug erwischen«, sagte Matti. Er legte kurz die Hand auf seine Reisetasche auf dem Nebensitz. Da war der schwarze Gymnastikpantoffel drin. Und Riccardas Foto. »Schließ nachts das Haus zu«, sagte Matti. »Montagabend bin ich wieder da.«

Es musste seit Tagen geregnet haben, und es regnete immer noch, das Wasser spritzte aus den Wasserlachen hoch. Erdmatsch klebte an ihren Schuhen, als sie den Unfallort abschritten. Der Versicherungsmann hielt sich eine Zeitung über den Kopf, und der von der Polizei wischte sich dauernd die Brille sauber. »Es ist abzuklären«, sagte der Versicherungsmann zu Matti und Robert, »ob die Baustelle von den Verantwortlichen in verkehrsunsicherem Zustand verlassen worden ist.« – »Eine Baustelle ist es nicht mehr«, sagte Matti und versuchte, an die Sprache des Versicherungsmanns anzuknüpfen, »weil keine baulichen Tätigkeiten mehr im Gange sind, sondern nur noch reine Malerarbeiten.« Er dachte an Gregorio, den er nachher mit Robert besuchen würde. Er liege auf der Intensivstation, hatte Gregorios Frau gesagt. Gregorio war ein Freund. Gregorio war einer, der das mit Riccarda vielleicht verstanden hätte. »Eine Baustelle«, sagte der Versicherungsmann, »bleibt juristisch so lange eine Baustelle, bis der Bau dem Bauherrn schlüsselfertig übergeben wird.« Robert formte die Lippen zu »Arschloch«. Er hat es gut, dachte Matti, er ist bloß mein Stellvertreter.

»Fassen Sie nichts an«, sagte der von der Polizei, als sich Matti den Haufen aus eingestürzten Brettern und Stahlrohren und Klemmverbindungen genauer ansah, »die Fotos sind noch nicht gemacht.« Im Baubüro hing Gregorios Jacke über dem Stuhl. »Pläne und Papiere müssen für uns zugänglich sein«, sagte der Versicherungsmann. »Bitte sorgen Sie dafür.« Er strich mit einer Holzlatte den Erdmatsch von den Schuhen.

Zu Hause ließ Matti die Jalousien geschlossen. Durch die Ritzen kam genug Licht, um die Möbel zu sehen und Judiths Kinderteller mit schwarz gewordenem Bananenbrei. Matti legte sich mit den Schuhen aufs Sofa, so als würde er gleich wieder aufstehen und verschwinden aus dieser Stadt, in der Gregorio vielleicht starb. Er wollte nicht hier sein. Hier lauerte Schuld, Schuld an Gregorios Unfall, Schuld an Inas Unglück, wenn er sie verließ. Matti presste sich die Hände auf die Augen und versuchte sich vorzustellen, dass Riccarda in ebendiesem Moment an ihn dachte. Wie konnte er ihr mitteilen, dass er hier war und dass er es nicht schaffte, am Montagnachmittag wieder vor der blauen Tür zu stehen? Wenn er jetzt anrief, nahm Mauro ab, und noch den ganzen Sonntag über würde Mauro dort sein, und zwar mit der behördlichen Bewilligung, Riccarda in die Arme zu nehmen, wann immer er wollte. Schwindel erfasste Matti, er setzte sich auf. Die Lichtstreifen auf Boden und Wänden wurden heller, draußen schien es sonnig zu werden, Regen war nicht mehr zu hören. Als das Telefon klingelte, sprang Matti erschrocken auf. Er musste im Sitzen geschlafen haben. Ina wollte wissen, was mit Gregorio war. »Er ist noch nicht bei Bewusstsein«, sagte Matti. »Und noch nicht überm Berg.« Seine Stimme klang, als würde ein anderer für ihn reden. »Ich gehe morgen früh wieder hin. Und am Montagmorgen ist Einvernahme der Arbeiter.« Ina sagte, Signor Cavatti habe eine Schüssel mit Aprikosen gebracht. »Du bist doch nicht schuld, oder?«, sagte sie noch, bevor sie auflegte.

Matti lauschte ins Treppenhaus, und als er nichts hörte, schlich er sich hinunter, um ein bisschen Essen einzukaufen. Im Supermarkt sah er die Nachbarin vom unteren Stock, er verdrückte sich hinter ein Regal. Nur mit niemandem reden jetzt. Er kaufte Wein, damit er nicht welchen in seinem Keller holen musste und da womöglich jemanden vom Haus antraf. Bevor er heimging, setzte er sich in ein Café, in dem er noch nie gewesen war, nur Frauen saßen da, seltsam puppenhaft, wahrscheinlich frisch vom Friseur. Matti ging die Zeitungen durch, von einem Unfall auf einer Baustelle war nichts zu lesen. Er suchte im Fernsehprogramm nach einem Film, mit dem er sich am Abend betäuben konnte. Lange fixierte er die junge Frau, die servierte, weil er nicht wusste, wie er sie rufen sollte. Als er vor seiner Haustür stand und den Schlüssel ins Loch steckte, kam es ihm vor, als breche er ein. Was ihm vor Kurzem noch ganz selbstverständlich gehört hatte, das war ihm abhandengekommen. Er war ein Fremder hier. Und wie ein Fremder bewegte er sich in der verdunkelten Wohnung, auf leisen Sohlen, damit man ihn unten nicht höre. Es wurde ein langer Abend. Er setzte die Kopfhörer auf und zwang sich fernzusehen, um nicht denken zu müssen, suchte sich Sendungen aus, die ihn nichts angingen. Als die Weinflasche leer war, stieg er doch noch in den Keller, blieb kurz vor der unteren Wohnung stehen und hörte, wie das Kind schrie. Das Kind war so alt wie Judith. Matti trank weiter und holte den zerknitterten Zettel mit seinem Gedicht aus der Tasche.

Ich tauche Stoß um Stoß in einen Fluss
Der mich erglühend kühlen muss
Dann schleudert uns die Flut der Glut an Land
Sie hält den Mund mit einer Hand
Ich messe ihre Achselhöhle aus
Kein Tier mehr da, nur ich im Haus

Am Sonntagmorgen war er bereits um acht Uhr im Krankenhaus. Wie tags zuvor beschied man ihm, Besuche auf der Intensivstation seien nur Angehörigen gestattet. Matti beschloss, auf Gregorios Frau zu warten. Er setzte sich in der Eingangshalle auf einen der Sessel, von denen er die Lifttüren im Auge behielt. Er zählte, wie viele Personen einstiegen. Wenn Pia kam, bevor er auf hundertfünfzig gezählt hatte, wollte er das als gutes Zeichen nehmen. Er war rasch auf sechzig, aber dann ging es nur noch langsam voran. Um neun Uhr war er erst auf dreiundsiebzig, aber dann lief es wieder schnell. Matti kam mit Zählen kaum nach. Pia war hunderteinundvierzig. Fast hätte er sie nicht erkannt, weil sie weiß angezogen war wie jemand vom Personal. »Pia«, schrie Matti, und Pia drehte sich um. Sie hatte kein verweintes Gesicht, aber ihr klägliches Lächeln war noch schlimmer. Als Matti fragte »Kann ich mitkommen«, nickte sie.

Gregorio hatte die Augen offen, und Matti sah, dass sich seine große Hand um Pias Handgelenk schloss. Als ein Arzt ans Bett trat und sagte, das epidurale Hämatom sei behandelt und kein Grund mehr zur Besorgnis, hielt es Matti nicht länger. Er lief hinaus und suchte einen Platz, um sein Weinen freizulassen. Es war ein kleiner Raum mit Vasen und Putzzeug. Das Weinen brach heraus wie der Anfang eines Gelächters. An der Wand hing eine Anleitung zur Pflege von Schnittblumen. »Tulpen hingegen wollen nur sehr wenig Wasser«, las Matti und weinte heftig.

Am Mittag rief er Ina an. Erst als sie nicht abnahm, fiel ihm ein, dass sie um diese Zeit mit den schlafenden Kindern auf dem großen Bett lag. Er hatte zu lange läuten lassen, hatte ihren Frieden gestört. Und demnächst würde er ihren Frieden noch ganz kaputt machen. Um den Rest des Sonntags zu bewältigen, lief er quer durch die Stadt, dann durch Industriequartiere und Vorortsiedlungen und die Hügel hoch. Es war eine Wanderung, die ihn nirgendwo an Ina erinnerte. Er entdeckte ein unberührtes Stück Eichenwald und schenkte es Riccarda. Es fiel ihm leicht, an sie zu denken, so wie er sich das vorgenommen hatte. Immer wieder stand er vor dieser blauen Tür und stellte sich vor, wie es gewesen war und wie es wäre, jetzt gleich, wenn die Eichen zu Kastanienbäumen würden, und sie käme ihm entgegen, den Mund schon offen für einen Schluck Lust.

Eine Zweizimmerwohnung musste für den Anfang genügen. Matti begann zu rechnen. Bis jetzt hatte das Geld gerade eben gereicht. Mit Riccarda würde er für zwei Haushalte aufkommen müssen. Vielleicht würde auch Riccarda irgendwo eine Arbeit suchen. Und wenn ein Kind kam, was dann. Mit ihr abhauen, in Neuseeland ein neues Leben anfangen, nur Riccarda und er und das Kind auf einem grünen Hügel voller Schafe, so müsste es sein. Er war nicht der Einzige in einer solchen Situation. Andere hatten das auch geschafft. Bitte, Leben, lass mich bei Riccarda sein. Und lass Riccarda bei mir sein wollen. Ich werde dich nie um noch etwas bitten, Leben, hörst du?

Diagonalstreben mussten durch eine als Verbindungsstück dienende Kupplung gerutscht sein. Dadurch glitt die Arbeitsbühne ab. Das ergaben die Einvernahmen der Arbeiter am Montagmorgen. Der Versicherungsmann war der Ansicht, Matti hätte nach dem Ausbau des Gerüsts überprüfen müssen, ob die Diagonalstreben ordnungsgemäß in den Kupplungen befestigt worden seien. Matti blieb seltsam unbeteiligt, auch als jemand sagte, das hätte noch schlimmer ausgehen können. Hauptsache, Gregorio wurde wieder gesund. Noch aus der Baubaracke rief er den Rechtsdienst des Architektenverbandes an und hinterließ die Nummer, unter der er vorläufig zu erreichen sei. »Schöne Ferien«, sagte der Anwalt, als er die Nummer hörte, und Matti wusste nicht, ob das ironisch gemeint war. Was solls, dachte er. Wenn ich jetzt zu Hause die Reisetasche hole und dann Gregorio besuche, schaffe ich es noch auf den Zwei-Uhr-dreißig-Zug.

Er sah das Auto in der Einfahrt schon von Weitem. Ina war hier! Sie beugte sich über den offenen Kofferraum, und als Matti auf sie zukam, richtete sie sich auf. »Hallo«, sagte sie. Sie schaute ihn an wie immer. Aus dem Kofferraum roch es nach Rosmarin.

Wenn Matti in den folgenden Monaten an diesen Moment zurückdachte, spürte er ganz frisch wieder die Wut, die ihn damals gepackt hatte. Da stand er neben seiner schönen gebräunten Ina, der tüchtigen Ina, welche die Heimkehr mit den Kindern allein geschafft hatte, stand in dem angenehmen Geruch aus Sommer und Asphalt und Rosmarin, und wusste nicht, wohin mit dieser Wut, durfte Ina nicht ohrfeigen, nicht mit den Fäusten aufs Auto hämmern oder sich wimmernd auf den Boden legen. »Was für eine Überraschung«, sagte er, und Ina sagte »Freust du dich?« Sie merkte nicht, dass Matti inzwischen aus Verzweiflung lichterloh brannte.

Als er Riccarda anrief, aus einer Telefonkabine im Krankenhaus, wusste er nicht, ob sie weinte. Sie sagte wenig, und sie machte seltsame Pausen.

Wie hätte er Ina erklären sollen, dass er nochmals allein wegfahren wolle, wo sie doch extra zurückgekommen war, um ihn zu entlasten, jetzt, wo er mit diesem Unfall beschäftigt war. Wie konnte er jetzt verschwinden, in ein Ferienhaus, das ihm nicht mal gehörte, sondern seiner seltsamen Schwiegermutter. Wie sollte er Robert beibringen, dass er ihn auf der Baustelle vertreten sollte, wenn das Ferienhaus bereits aufgeräumt und dicht gemacht war. Der Einzige, dem er hätte verraten können, dass in diesem Ferienhaus auf der Unterseite einer Schublade »Riccarda« stand, dem hatte man ein Loch in den Schädel gebohrt, um das Blut eines Hämatoms abzusaugen.

Matti kam sich vor wie eine Marionette, die sich selbst an den Fäden zog. Er tat, was erwartet wurde. Er lachte, lächelte, nickte. Er kam, blieb, ging. Er redete, horchte, schwieg. Er überwachte den Gerüstbau, fuhr Gregorio ins Kurhaus, schlief mit Ina und hasste sich. Wenn er nachts erwachte, stand er auf und zeichnete an den Plänen für Mauros Haus. Bis zu den Herbstferien wollte er sie fertig haben. Er stellte sich den Weg hinauf nach Castagneto vor, das alte Gras rötlich schimmernd, Kastanien, die man fallen hörte, Schirmlinge vor dem Unterholz, Riccarda in einer Wolljacke, die aufzuknöpfen war. Noch zweimal hatte er sie angerufen, und das tat danach so weh, als hätte man ihm den Brustkorb aufgeschnitten und die Rippen auseinandergezerrt.

Die Koffer für die Herbstferien waren schon gepackt, als Inas Mutter ihren Herzanfall hatte. Sie starb nach drei Tagen. Matti packte die Koffer wieder aus. Als sie im Frühjahr nach Casta fuhren, waren Mauro und Riccarda bereits weggezogen. Signor Cavatti sagte, sie hätten ihm im Februar ihre Katze gebracht, aber eine Adresse hätten sie nicht hinterlassen. Und Amerika sei groß.

V

Luzi geht an Bord

Luzi war wach. Draußen, hinter dem Vorhang, schien es hell zu sein. Immer wollte Luna den Vorhang zugezogen haben, wollte im Dunkeln liegen. Vielleicht, weil sie Mond hieß. Luzi lauschte. Er hörte nichts. Als er sich aufsetzte, knurrte das große alte Bett wie ein Hund. Luna rührte sich nicht. Luzi schaute sie so lange an, bis er sah, dass sie sich leicht bewegte. Er beschloss, bei Judith ins Bett zu schlüpfen, ging leise an Inas Tür vorbei, hinter der es schnarchte, und dann die kalten Steinstufen hoch. Hier im Treppenhaus kam fast blendend hell das Morgenlicht durch die Fensteröffnung. Zeit, aufzustehen, dachte Luzi. Judiths Zimmertür war offen, das Bett war leer. Nicht mal Betttücher waren mehr drauf, die nackte Matratze war zu sehen. Sie ist gegangen, dachte Luzi. Ohne uns. Er lief nach unten, um in der Küche nachzusehen, aber da war niemand. Die Haustür war nicht abgeschlossen. Als er sie aufzog, kam die dicke Katze herein und fing an seinem Bein zu schnurren an. »Du darfst nicht ins Haus«, flüsterte

Luzi. Unter dem Küchentisch machte Bianca in ihrer Kiste ein Geräusch. Vielleicht war Judith schon gestern Abend gegangen, hatte beschlossen, ohne Luzi und Luna zu leben. Luzi suchte seine Sandalen, er fand sie draußen auf der Bank, sie waren kühl und feucht. Nie versorgst du deine Sachen, sagte Judith, nie, nie. Die Katze folgte Luzi um die Hausecke und in den Hof. »Komm«, sagte Luzi und erschrak über seine Stimme in der Stille. Er hielt der Katze die Scheunentür auf. Aber sie drehte ab und verschwand.

Durch ein Loch im Dach kam Licht in die Scheune. »Kannst du das flicken?«, hatte Ina zu Jens gesagt. Jens konnte alles flicken. Aber Jens war abgereist, und das Loch war immer noch da. Das Licht schien auf Luzis Burg. Die Burg war längst keine Burg mehr, sie war ein Schiff, aber das wussten die anderen nicht, auch Luna nicht. Mit dem Schiff fuhr Luzi nach Zafanta. Und in Zafanta war er berühmt, weil er mit seinem Zauberschwert die Guten aus der Herrschaft der Bösen befreite. Luzi hüllte sich in eins der alten Tücher, die ihnen Ina zum Spielen in die Scheune gebracht hatte. Wenn er sich einhüllte und dann von zehn rückwärts zählte, fuhr sein Schiff los. Bei sieben hörte er einen Motor, er stellte sich an die Scheunentür und spähte aus der Ritze. Ganz langsam, fast schleichend, bog ein Wagen in die Einfahrt zum Hof. Er war lang und silbern und hatte dunkle Scheiben, es sah so aus, als säße niemand drin. Zwischen Inas und Judiths Auto blieb er stehen. Erst jetzt fiel Luzi auf, dass Judiths Auto noch da war. Wo war dann Judith? War sie vielleicht doch nicht für immer weggegangen? Niemand stieg aus. Luzi wartete. Als ihm die Stirn wehtat vom Anpressen an die Brettertür, wechselte er die Spähritze. Nun sprang die dicke Katze auf die Kühlerhaube. Sie blickte in Luzis Richtung, als sagte sie: Komm auch. Luzi erschrak. Vielleicht war der Wagen wirklich für ihn. Vielleicht kam er aus Zafanta, und einer der mächtigen Bösen saß drin. Als die Fahrertür aufging, sprang die Katze zu Boden und rannte weg. Luzi hörte sein Herz in den Ohren. Ein schwarzer Schuh kam aus dem Wagen, ein schwarzes Bein, ein schwarzer Mann, lang und dünn. Auch die Mütze war schwarz, auch die Sonnenbrille. Der Mann streckte die Arme erst zum Himmel, dann zum Boden, so stand er eine Weile, in der Mitte gefaltet. Er schien aus einem biegbaren Material zu sein. Luzi war nicht sicher, ob er ein Zafanter war. Zafanter hatten nur zwei Zehen, aber der Mann trug Schuhe. Obwohl Luzi sein Schiff nach Zafanta noch gar nicht bestiegen hatte, spürte er, wie seine Ohren zu wachsen anfingen und sich zafantisch lockten, und seine Hände wurden so heiß, als hielten sie das Zauberschwert. Nun zog der Schwarze die Tür auf der anderen Wagenseite auf. Hier kamen zwei Beine aufs Mal heraus, dicke weißfleischige Beine, dann flutschte ein Kleid darüber, und dann zog der Schwarze an einem weißen Arm, und daran hing eine kleine alte Frau. Sie hatte einen enormen Hut auf, der hing ihr übers Gesicht und bis auf die Schultern, sie sah aus wie ein Pilz. Sie hatte ein Stöckchen und hob es hoch. Erst glaubte Luzi zutiefst erschrocken, sie zeige auf ihn, aber sie schwenkte das

Stöckchen so, dass es auf die andere Seite des Hofs wies. Dann ging der Pilz am Arm des Schwarzen mit ganz kleinen Schritten an der Scheune vorbei, verschwand im Durchgang zu Nasenmanns Haus, und Luzi begann wieder zu atmen. Gerade als er beschlossen hatte, ins Haus zu rennen und Ina zu wecken, hörte er Schritte. Wieder spähte er durch die Ritze. Es war Judith! Sie hielt den Kopf gesenkt, schien das silberne Auto nicht zu sehen und blickte erst auf, als er sie leise rief. Ihr Gesicht war rot und seltsam, schnell trat sie in die Scheune, zog die Tür hinter sich zu, und Luzi spürte, dass sie ihn fester als sonst umarmte. »Sie sind gekommen«, flüsterte Luzi. »Wer?«, sagte Judith. »Ein schwarzer Mann«, sagte Luzi. »Der Schwarze Schuut?«, fragte Judith, und Luzi merkte, dass sie ihm damit gefallen wollte. Dabei ging ihn der Schuut schon längst nichts mehr an, er brauchte ihn nur noch, um Luna zu erschrecken. Aber Judith tat immer so, als teile sie Luzis Geheimnisse. Luzi zeigte zur Tür, und Judith spähte durch die Ritze. »Ein schwarzer Mann und eine alte Frau.« Luzi war gespannt, was Judith diesmal einfiel, um ihm zu gefallen. Aber sie sagte nur »Das muss die Schwester vom Nasenmann sein.« Und dann sagte sie noch, die Schwester sei reich, und der schwarze Mann sei wohl ihr Chauffeur, und sie komme aus Norwegen, darum das N auf dem Nummernschild. Luzi wusste nicht, ob er enttäuscht sein sollte. Plötzlich war die Scheune nichts als eine Scheune, und Zafanta war weit weg. »Wo warst du?«, fragte er. »Bei Dante«, sagte Judith. »Warum?«, fragte Luzi. »Ich hab ihm noch etwas gebracht, ein Foto, das ihm gehört. Wir fahren heute nach Hause.« – »Warum?«, fragte Luzi. Judith antwortete nicht. Sie setzte sich in Luzis Schiff, von dem sie glaubte, es sei eine Burg. Sie saß da, wo das Licht hinfiel. Jetzt sah Luzi, dass ihr Gesicht rot war, weil sie geweint hatte. Er beschloss, sie nach Zafanta mitzunehmen, und gab ihr eins von Inas alten Tüchern. Judith schlang es sich um die Schultern. Luzi setzte sich neben sie und zählte lautlos von zehn rückwärts.

Ina lebte noch zwei Jahre nach den hier aufgezeichneten Ereignissen. Ihre Illusionen hingegen begrub sie gleich nach Seite 122. Kurz bevor sie starb, schenkte sie Luzi und Luna eine neue Ratte.
Judith und Peter verkauften das Haus Casta – Judith wollte ihre Erinnerungen loswerden und Peter seine Schulden.
Von Dante hörte man nichts mehr.
Die Jahre im Dort und Damals wurden gelöscht.

HAUS CASTA

Ursprüngliche Bewohnerin

Die alte Albina

1875–1950

Neue Besitzerin 1955:

Frau Schoop

Mutter von:

Matti Strassner — Ina — Ukas

Matti Strassner: 1940–1995, Ehemann

Ina: *1945

Ukas: *1946

Kinder von Matti Strassner und Ina:

Jens Jaksch — Judith — Peter — Salome

Jens Jaksch: Ehemann

Judith: *1978

Peter: *1980

Salome: Freundin

Kinder von Jens Jaksch und Judith:

Luzi — Luna

Luzi: *2001

Luna: *2004

Weitere Hausbewohner:

Nachbar Cavatti, genannt Nasenmann

HAUS CASTAGNETO

Colonello Ombrosi

div. Söhne und Töchter

Sohn von Colonello Ombrosi

hat 3 Töchter und 1 Sohn, nämlich:

|

Mauro — Riccarda

*1955 Ehefrau

|

Dante

*1981

Weitere Hausbewohner:

Bill (Dantes Kollege), Bianca (Dantes Ratte)

Angelika Waldis

Angelika Waldis, 1940 in Luzern geboren, hat einige Semester Anglistik und Germanistik an der Universität Zürich studiert. Der Titel ihrer ersten und letzten Seminararbeit: »*Poetic diction in the eighteenth century*«. Weil sie lieber über das Hier und Jetzt schreiben wollte, schlug sie eine journalistische Laufbahn ein. Zusammen mit ihrem Ehemann Otmar Bucher gründete sie die mehrfach ausgezeichnete Jugendzeitschrift *Spick*. Waldis schrieb für die Jugend und, wenn sie noch Zeit hatte, für die Schublade. Mit sechzig hörte sie mit der Zeitschrift auf – und schrieb endlich ihr erstes Buch. Ihre Romane und Kurzgeschichten für Erwachsene wurden mehrfach ausgezeichnet; *Ich komme mit* war 2019 das Lieblingsbuch des Deutschschweizer Buchhandels und erhielt den ZKB Schillerpreis 2019. Angelika Waldis hat einen Sohn, eine Tochter und drei Enkelkinder. Sie lebt in der Nähe von Zürich.

ATLANTIS

Angelika Waldis
Berghau

»Angelika Waldis bringt, was sie erzählen will,
ohne Umschweife auf den Punkt.«
Neue Zürcher Zeitung

Etwas stürzt ein. Der Boden zittert. Aus einem dumpfen Poltern werden ein Dröhnen und Krachen, ein Rumpeln und Knallen. Dann: Stille. Nach einem Felssturz an einem strahlenden Julimorgen ist ein kleines Wandergebiet abgeschnitten von der Welt. Während immer mehr Gestein in die Tiefe donnert, wird eine einfache Gastwirtschaft in einer abgelegenen Berghütte zum Zufluchtsort für die unterschiedlichsten Menschen. Für zwei Tage und zwei Nächte sind sie hier auf engstem Raum eingeschlossen, ein Abstieg ins Dorf unmöglich: Der Weg ist weg. Der grüne Aktivist Erwin legt sich mit dem Klimawandelleugner Wolf an, der Wirt Sepp geht auf den jungen Juri los. Arne liebt heimlich und hoffnungslos Lara, die Freundin seines Freundes Wolf, und Amai, mit Erwin liiert, lässt sich auf Sex mit Sepp ein. Wie die Felsen bröckeln auch die Fassaden der Eingeschlossenen. Die Enge, die langen Nächte auf dem harten Boden, Schlaflosigkeit und Angst kehren das Innerste nach außen. Als der rettende Hubschrauber naht, ist von den zehn Menschen einer schwer verletzt, einer verschwunden, einer tot.

»Angelika Waldis schafft mit ihrem Roman eine spannungsgeladene Ausgangssituation. […] In der ganzen Tragik des Ausgeliefertseins scheint zuweilen auch ihr leiser Humor durch.«
Babina Cathomen / Kulturtipp